Tales of Eternia
永遠《とき》のきざはし 1

テイルズ オブ エターニア

永遠《とき》のきざはし 1

矢島さら

ファミ通文庫

ピンナップイラスト／いのまたむつみ
口絵イラスト・本文挿絵／松竹徳幸

目次

序

光豊かな緑の大地、インフェリア。
仰いだ空に広がるオルバース界面のむこうに
合わせ鏡のように広がる世界、セレスティア。
かつて争いの絶えなかった両者の交流は、
二千年前から途絶えていた。

インフェリア、セレスティア、オルバース界面――
この世界を総称して、エターニアという。

プロローグ

静まり返った木立ちの中を、ゆっくりと進む男がいた。

あたりは暗闇に沈んでいる。

いつもなら、ときおり鳴き交わす鳥の声と羽音だけが、木立ちの空気を動かしている時間だった。

よほどの用事でもない限り、このあたりを訪れる者はいないだろう。

彼は、手に持った明りで用心深く足もとを照らしながら、ともすれば焦りのために速足になりそうになる自分を必死で押さえていた。

「……!」

木の根につまづいた衝撃に、明りを落としそうになる。光の方向が乱れ、黒ぐろとした高い枝や、そこから垂れ下がった草の蔓《つる》などが一瞬姿を現わした。

なんとか持ち直すと、男は不具合がないか調べるために明りを覗《のぞ》き込む。

今度は、男の白い顎鬚《あごひげ》や高く結い上げた白髪が光の輪の中に浮かび上がった。まぶしそうに、ふさふさとした眉《まゆ》に隠れてしまいそうな目をしばたたかせる——彼は老人だった。

気を取り直してなおも進むと、やがて見覚えのある小道に出た。その先で、あの装置が老人を待っているはずだった。

「早いな。もう来ておったのか」

「なんだか落ち着かなくて……」

ふいに老人の前に、ひとりの少女が進み出た。

どうやらずいぶん前に来ていたらしい。

「忘れ物はないか？　したくはできておるんだろうな」

「うん、できてるよ」

装置は球体でくすんだオレンジ色をしており、地面まで伸びた数本の脚によって支えられていた。

「くれぐれも無理はせぬようにな」

「わかってる……でも、やらなくちゃ」

ふたりは静かではあったが、強い決意のこもった口調で二言三言、言葉を交わす。

そのとき、少女の足もとでなにかが動いた。

「クイッ……」

長く豊かな毛並みを持つ小動物は、気遣わしそうに鳴きながら、軽々と少女の肩に跳《と》び乗る。少女はいとおしそうにそれを抱きしめた。

「健闘を祈るとしよう」

「ありがとう。じゃあ、もう行くね」

少女が装置に乗り込んでしまうと、間もなくあたりに細かい振動が走る。

やがて球体のまわりに輝きが溢れ、老人は思わず目を閉じた。

装置はまっすぐに暗い空を上昇していく。

「まったく……なんてことに、なってしまったんだ。どうか無事でいてくれよ……」

もはや輝きも微《かす》かな点となってしまった。

老人は祈りの言葉をつぶやきながら、いつまでも少女を見送っていた――。

第一章

ラシュアンの森に続く勾配のある道を進むにつれ、風の心地よさが増してきた。

樹々の間からは、風車が回っているのが小さく見える。粉挽き小屋の屋根につけられている風車だった。

青年は、わずかに汗ばんだ額にかかるダークレッドの髪をかき上げ、

「気持ちいいなぁ。なーんもやることねぇし」

と、誰にともなくつぶやいた。

けさはいつもどおりに目覚め、簡単な食事をとったあとで狩りに出た。

狩りといっても、獲物を売って、生計をたてているわけではない。その日に必要な分――自分が食べ、ときおり近所の知り合いに分けてやる程度――が獲れれば充分なので、たいてい野ウサギや小さなベアを一頭か二頭しとめるだけだ。ごくたまにモンスターに遭遇して危ない目に遭い、時間を喰《く》うこともあるが、たいてい昼前にはすんでしまう。

手には、さっき獲物を剣でしとめたときの小気味いい感触が残っていたが、緊張感は

すでにない。

　青年は、やることのない午後をぼんやり空を眺《なが》めて過ごすのが好きだった。

「あれ？」

　ふと足をとめ、高台に建てられている見晴台のほうを見る。丸太を組んで作られたそれは、古びてはいるがどっしりした見晴台だった。

　誰かが彼の指定席にいるようだ。

　ちょうど西へ向かって移動しつつある太陽の光がまぶしくて顔をしかめたが、彼はすぐに目を見開いた。

「あいつ……あのおかっぱ頭は」

　そのとき、気配を感じたのか、見晴台の人物がくるりとこちらを向いた。

「リッド！　リッドぉ！」

「……やっぱり。ファラじゃないか」

　リッドと呼ばれた青年は、驚いたな、と肩をすくめながら見晴台に歩み寄る。肩にかついでいたきょうの獲物——ひと抱えはありそうな赤茶色の鳥と、バグベアの仔——はその場に降ろした。

「上がっておいでよ」

「……ああ」

ファラ・エルステッドが手すりから身を乗り出して手招きするのを見て、リッドは一瞬不思議な感覚にとらわれた。

甘酸っぱいような、わけもなく怒りだしたいような――。

ほんの小さなころから、よくこの見晴らし台で一緒に遊んでいたせいかもしれない。

ファラと彼――リッド・ハーシェルは幼なじみだった。

リッドは身軽にはしごを昇ると、ファラと同じ高さに立った。

「ひさしぶり！」

「ほんとだな」

森の木立ちから吹きつける強い風が、ファラのダークグリーンの髪を乱し、ワンピースの裾《すそ》をひるがえして過ぎる。

ふたりはなんとなく視線を合わせると、すぐにお互いが健康で無事に暮らしをたてていることを理解し合った。

「調子よさそうね」

「別に。この間と変わりねぇよ」

「この間？」

ファラはダークブラウンの大きな瞳でリッドを覗《のぞ》き込んだ。

そういえばこの前会ったのはいつだったっけ、とリッドは思った。

「この間はこの間だ。いつだかわかんねぇ」

　ぷっ、とファラが吹きだす。

「相変わらずだね、そういう言い方。獲物はいっぱいとれた？　ベアだよね、あれ」

　彼女はリッドが無造作に地べたに置いた獲物を見下ろした。

「きょう必要な分だけだからな。苦労して獲ったってわけでもねぇよ」

「すっごーい！」

「わざとらしい声を出すなよ」

　リッドは苦笑した。

「えー、だってほんとじゃない。リッドって昔から剣の腕だけは確かだもんねーだ」

「へっ、ほっとけ」

「ベアの肉ってシチューにしてコトコト煮込むといい味がでるんだよね。私が畑で作った野菜と一緒ならサイコーだよ」

「うまそうだな」

　リッドが思わずよだれを垂らしそうな表情になる。ファラはくすくす笑ったが、すぐに微かに眉をひそめると、幼なじみに背を向け空を見上げた。

「どうかしたのか？」

「うん……」

「そういえば、ファラがここに来るなんて珍しいな」

「ここのところ忙しくってね、畑のほう」

「そっか」

　村の特産品であるラシュアン染めのワンピースと、エプロンから干し草のいい匂いがするのを、リッドはそっと胸に吸い込んだ。

「ところでリッドは？　相変わらず毎日ここに来てるわけ？」

「ああ」

「好きだったもんねえ、この場所」

　ファラが振り向いて笑うと、懐かしさと一緒になにかが足りないような気がしたが、思い出せなかった。

「そうだよな。ファラだって人間なんだから、サボりたい日もあるってこった」

「サボリ!?　リッドじゃあるまいし、このわたしがサボるわけないでしょ！」

　ファラは頬《ほほ》を、首につけているチョーカーと同じように赤色に紅潮させ、ひとさし指を上向けた。

「空の様子が変だから、ちょっと見に来たんだよ。ここなら高いからよく見えるかと思って」

「空が変？」

「そう。最近、色がおかしくない？」

リッドは「そうかあ」と首を捻《ひね》った。

「あんまりオレ気にしねぇからな」

「けど、毎日、ここでぼーっと空見て過ごしてるんでしょ。それに、鳥をしとめるときにも視界に空、あるはずだよ」

「鳥を狩るときは鳥しか見てねぇよ」

「単純すぎるね」

リッドは黙って頭上を見た。

（べつにどこも変じゃねぇよな。上を向くといつもそこにある。それが空だろ）

「ほら、あのあたり最近色がおかしくない？」

「え、どこだよ……だからわかんねぇって」

そのとき、背後の空で閃光《せんこう》が走ったが、彼らは気づかなかった。

「ぜったいおかしいよ！　なにかが起ころうとしてるのかもっ」

「なにかって」

ファラは口もとだけでにっと笑うと、「たとえばさ、セレスティアからなにかが降ってくるとか？」という。

「げっ」

ドンとその場に腰を降ろして、リッドは吐《は》き捨てた。

「なにをうれしそうにいってんだよ。セレスティアだ？　あそこからなにか落ちてくるんなら、災《わざわ》いに決まってんだろ」

空にオルバース界面と呼ばれる薄《うす》い膜のようなものがあり、そのむこうにはセレスティアというもうひとつの世界が存在しているのは、誰でも知っていることだった。

「決めつけないでよ。あっちとは二千年も交流が途絶えてるんでしょ。いくら大昔、こっち、インフェリアに攻め込んできてひどいことをしたからって、あっちの世界がいまどうなってるかなんて、わからないじゃない」

まくしたてるファラに、リッドはため息をついた。

彼女がセレスティアの肩を持っているわけでないことはわかっている。幼なじみに頭ごなしに自分の考えを否定されたので、少々ムキになっているらしい。

（ちっとも変わってないな、こいつ）

「あのさあ、ファラ。ファラはなにか起きたら楽しいと思ってるかもしんねぇけどな、なにも起きないのがいちばんなんだよ。なにも起きず、なにも変わらず。それが幸せ～ってもんだろが」

「でたでた、リッドの人生観！」

うっせーな、とリッドは低くいう。

「昔っから、誰かさんの起こす騒動にさんざん振り回されてきたんだぜ、オレは」

「……」

「その結果、こういう考えに行き着いたのは、当然の結果といえるんじゃないか」

「……」

「なんだよ、怒ったのか」

いつの間にか自分に背を向けていたファラはじっと動かない。

「おい」

「……なんだろ」

「え？」

「あれ。なんか落ちてくる……！」

立ち上がったリッドは、閃光に包まれたなにかが、恐ろしい速度で自分たちに向かって墜落してくるのを見た。

「やべえっ！」

リッドがファラの背をはしごのほうへ押しやった。

（ダメだ、間に合わねぇ！）

「ファラっ！！！」

「リッド！」

リッドは、ファラを抱いて数メートル下の地面に飛び降りようと腕を伸ばした。が、わずかに早く彼女の体が視界から消える。

「うわあああああぁぁぁっ！！！！」

ものすごい閃光が炸裂し、リッドは自分が空中高く放り出されるのを感じた。

「痛ててて」

リッドはようやくの思いで体を起こしたが、あたりに白くたちこめる煙を吸い込んで激しくむせた。

「げほげほっ！」

（爆発……したのか？　いったい……）

リッドは地面に嫌というほど叩きつけられた体をさすりながら、爆煙が晴れるのを待った。すぐ先にうっすらと影のように見えているなにかが、爆発物のように思える。

が、視界がはっきりしてくると、それが見るも無惨に倒壊してしまった見晴台だとわかり、彼はぞっとした。

「冗談じゃねぇ、危ねぇところだった。ファラ、どこだ？　無事かっ？」

「うん。こっちこっち！」

振り向くと、少し離れた場所でファラが立ち上がりかけているのが見えた。リッドより軽い分、爆風で飛ばされたようだった。

「なにが落ちてきたんだろ。あの木立ちのむこうみたいだから、わたし、行ってみるね」

「おいちょっと待て！　危ねぇじゃないか……っ痛っ！」

リッドがうめいている間に、ファラは身軽な足どりで木立ちの中へ消えていった。

「ちょっとは落ち着いていらんねぇのかよ。相変わらずだな、もう」

密集した木立ちの中は思ったほど暗くはなかったが、リッドはすぐに道を失ってしまった。

「ここいら、あんまり獲物がいないからろくに来たことないもんなあ。方角がわからなくなりそうだ」

歩を進めるたび、ブーツの下でパキパキと枯れ枝の折れる音がする。

「くそう、どっちに行ったんだ？」

そのとき、リッドは明らかに枝とは違う音が下から昇ってくるのに気づいた。

「ん？」

「クィッ、クィッキー！」

「うわああっ、なんだっ⁉」

リッドは驚いて飛びすさる。足もとには、ふさふさとした青い毛の塊があった。

「クククククィッキーッ！」

「み、見慣れねぇやつだな」

青い塊は、初めて目にする小動物だった。胴体はせいぜいリッドの掌《てのひら》くらいしかないが、その三、四倍はあろうかと思われる長いしっぽと、ウサギのような耳を持っている。全体が美しいブルーだが、顔と耳の裏の色は紺に近い。

黄色の大きな瞳が、リッドを見上げていた。

「クィッキー！」

それはしっぽで地面を蹴《け》り、重さのないボールのようにぴょんぴょんと跳《は》ねたあと、振り返った。

「ついてこいっていうのか」

リッドは頷《うなず》き、小動物のあとへ続いた。

それは何度かまっすぐに跳ねたあと左へ向きを変え、樹木の間へフッと消えた。

「ファラ⁉」

「ああ、リッド。来て来て、こっち！」

「……！」

リッドは目の前の光景に絶句した。

木立ちがかなりの範囲で倒れ、焼け焦げている。その中央には、くすんだオレンジ色の乗り物らしきものが、原形をとどめないほどにひしゃげて墜ちていた。

「これが墜落してきたってのか？」

黙って頷いたファラが腕の中に誰かを抱いているのに気づき、リッドは恐るおそる近づいた。

「……誰？」

「……さあ。女の子、なんだけど……ここへ辿《たど》り着いたときにはもう倒れてたんだよ。自力で外へ逃げるのが精一杯だったみたい」

「まさか、死んでる、のか？」

「ううん、息はちゃんとあるよ。気を失ってるだけだと思う」

リッドは少女の顔を覗き込んだ。一五、六歳だろうか。うすい褐色の肌に、ふたつに結ったライトパープルの長い髪が美しい。

と、少女は小さく声をあげ、ぱっちりと目を開けた。髪と同じライトパープルの瞳がファラを見、リッドへと視線を移す。

「気がついた」

リッドたちがほっとすると、少女は体を起こし、ゆっくりと立ち上がった。ケガはないようだ。

「ティアエムク　ヤイオ　フィディ　アンルプウムグ　トゥン．トゥヤ　メトゥン　ウス　メルディ（助けてくれてありがとうございます。私の名前はメルディです）」

「…………………へ？」

リッドは思わずファラを見た。が、彼女は首を振るばかりだ。

「おい、いまなんていったんだ？」

リッドが少女に訊《たず》ねると、ふたたび口を開いた。

「ティアウス　プレワン　ウス　ヘディ，ウス　ミティ　ウテイ？（ここはインフェリアですよね？）」

「ウス……なんだって？」

「ぜんぜん言葉が通じないなんて。どういうことなの」

ファラは、困っちゃうなといいながら腕組みをした。

少女の顔にも焦りが走る。小さな拳をにぎりしめて、必死に唇を動かす。

「ワエム　ヤイオ　オムドンディスティエムド　トゥン？　ウス　ティアンディン　エムヤイムン　アンディン　バアイ　ワエム　スプンエク　メルニクス？（私の言葉、わかりませんか？メルニクス語を話せる人はいませんか？）」

「あ、あのね。えっと……メルニ、クスってなんだろ」

「さあな」
・リッドは、墜落した乗り物らしき物体が、嫌な感じの振動を始めたのに気づいた。
「おい、どうでもいいけど、さっさとここを離れようぜ」

「なによ急に？」

「聞こえねぇのか、あの音。いいから早くっ！」

リッドはファラと少女の手を引いて、焼けていない木立ちの間へ逃げ込んだ。とたんに轟音《ごうおん》が追いかけてくる。

ゴゴゴゴゴ————！

「きゃーっ」

「ほら見ろっ。今度こそほんとに爆発すんぞ」

ズガアアアアアアァァァァァァンッッッ！

ふたたびものすごい衝撃が襲い、三人が伏せた地面が激しくうねった。

最初に立ち上がったのは少女だった。彼女は乗り物があった場所を一瞥《いちべつ》するなり、か細い悲鳴をあげる。

「どうした。あーあ、こっぱ微塵《みじん》になってら」

リッドとファラは、ところどころ炎を上げ、ぶすぶすと燻《くすぶ》っている物体を見てため息をついた。

少女はパニックに陥ったのか、泣きそうに顔を歪《ゆが》めるとそのままリッドに突進した。

「なんだよ。オレのせいじゃねぇぞ。こらっ、痛いだろ」

が、ふたりの体が触れ合ったとたん、その部分から光が溢《あふ》れた。

「なっ⁉」

光は虹色に煌《かがや》き、弧を描いて四方に広がる。

「うわー、きっれーい。でもなんなのこれ？」

ファラが目を見張ったが、いちばん驚いたのは少女のようだった。泣きそうだった表情が輝きに変わる。

「フィブリル！」

「え？」

「クククィック、クィッキ‼」

聞き返したリッドの足もとで、先ほどの動物が高く鳴いた。

「おまえたち、仲間か……って、痛てぇってば」

「フィブリル！」

少女はもう一度リッドに体当たりすると、確かめるように虹色の光を眺めた。

「バアエティ　ウス　ティアウス？　ヤイオ　アエヌン　エ　スプンワウエル　ピバンディ，ヂ

ミティ ヤイオ？ プルンエスン アンルプ トゥン！（なんということでしょう。あなたは特別な力を持っていますね。私を助けてください！）」

「わ、わかった。さっぱりわかんねぇけどわかったから……離れてくれ。な？」

だが、少女はぐいぐいとリッドの胸に顔を埋め続け、離れようとしなかった。

「ふふふ」

ファラが笑い出した。

「なんだよ、こんなときに笑うなよ」

「だって。この子、どこの誰だかわからないけど、リッドのこと相当好きみたいだよね。ふふふふっ、うれしい？」

「ばっ！ ばっかじゃねぇ、ファラ。んなわけねーだろ」

リッドは真っ赤になって反論した。

「これはだな。助けを求めてるんだよ。オレたち、つまりオレとファラの両方に。なっ」

少女にリッドの言葉がわかっているとは思えなかったが、呼びかけられたのは理解したらしい。顔を上げると、早口でまくしたてた。

「チ ヤイオ クミバ ティアン バアンディンエビオティス イフ テズウ クレメル？ウ エトウ リイクウムグ フィディ テズウ クレメル（大晶霊の居場所を知りませんか？ 私は大晶霊を探しています）」

「ふーん。そっかそっか。そういわれれば『助けて』っていってるみたいに聞こえるね」

ファラは納得したようにリッドに頷いてみせた。

「よーし、じゃあ話は簡単。助けてあげちゃおっ」

「調子いいなファラ。意味もわからねぇのにどうやって助けるんだよ」

リッドがあきれて訊ねると、ファラはけろっと答えた。

「さあ。どうしよっか？」


話を聞き終わったラシュアン村の村長・カムランは、腕組みをしながら落ち着きなく応接間の中を歩き回った。

「……なるほど」

暖炉やソファなどの調度は、簡素なものではあったが、仕事がら客が多いからなのだろう、どれもかなりの大きさである。

リッドとファラは、見知らぬ少女を助ける策を考えてはみたのだがなにも浮かばず、けっきょく村長の家へ行ってみようということになったのだった。

カムランは肩近くまで伸ばした白髪を神経質そうに撫《な》でつけ、ひとりだけソファに腰かけている少女のほうをチラチラとうかがった。

「いかがでしょう、村長。村長のご判断をうかがいたいんですけど」

「うむ……」

村長の、今度はあからさまな鋭い視線を受けた少女は、毛のふさふさとした小動物を抱いたままなにごとか早口でまくしたてた。

カムランは理解できないそれらの言葉を無視し、ファラに向き直ると、

「爆発があったという場所は、すぐに誰かに調べさせよう。見たこともないものだったというからには、危険があるやもしれぬからな」

と、窓から森のほうをうかがった。

「はいっ。ありがとうございます！」

ファラが笑顔を見せる。

「あのう、それで……」

「それで？」

「いえ、ですからこの子はどうしましょうか」

「決まっているではないか。一刻も早くこのラシュアン村から追い出すのだ」

「……！」

にべもない言葉に、ファラの表情が固くなる。

「ちょっと、そりゃひでーんじゃねぇのか!?」

　リッドが抗議したが、村長は首を振り、「わたくしを酷だと思うか」と訊ねた。

「酷かもしれぬが、村を危険から守るのが村長であるわたくしの役目でな。悪く思うな」

「でも！　この子は困ってるのに！　言葉はわからないけど、それは確かです。この子が危険だっていう証拠なんてないじゃないですかっ」

「ファラ、大声出すな」

　リッドがファラの腕をつかんだ。

「だって……」

「確かに危険だという証拠はない。しかし、危険でないという証拠は、どこにあるのかね」

　カムランにつっこまれて、ファラは唇を噛《か》んだ。

「さあ。この娘の肌の色を見るがいい」

「そういえば……」

　リッドはまじまじと少女の顔を覗き込んだ。

「少し……陽に焼けてるのか？」

「いや。わたくしたちがどんなに太陽の下で汗を流そうと、こんな色にはならない」

「たしかに、ファラのほうが白いけど……でもそんなのって理由にならない……」

「服装も実に奇妙だ」

カムランがリッドを遮《さえぎ》った。

ファラは少女に近づくと、怖がらせないようにそっと衣服に触れた。

「こんな生地は見たことないよ……わたしたちの服はどちらかというと分厚くて、染めのせいもあってごわごわしてるけど、この子のはもっとずっと薄い……鳥の羽みたい」

「うん」

リッドも少女の服に目を走らせる。

幾重にも重なった薄い生地は、触ればさらさらと音をたてそうだった。襟《えり》もとや袖《そで》口、スカートの裾から覗いているフリルの部分には、また違う生地が使われており、少なくとも実用的には見えなかった。

ふだんから着るものに無頓着《むとんちゃく》なリッドには、少女の服が美しいのかどうかもいまひとつ判断がつかない。

少女は、自分の服が話題になっていることがわかったらしくスカートの裾をちょっと持ち上げて見せながら、ファラとリッドを見上げ、にこっとした。

「ふふっ。きれいな服だね」

ファラが微笑《ほほえ》み返すと、カムランは咳払いをした。

「なんにしても、だ。言葉も通じぬではないか。これが災いの種でないと言いきれるのか⁉」

災い、とリッドは繰り返した。

(なんだっけ。さっきも災いの話をしていたような……そうだ)

「セレスティア」

リッドが思わずつぶやいたとき、少女はハッと顔を上げた。

同時に、小動物が甲高い声で鳴いた。

「クキュキュキュ、クィッキー！！！」

「どうした⁉」

リッドは、動物が危険を予知したとき特有の鳴き声に、身を固くした。

カッッ‼　次の瞬間、窓から白い閃光が飛び込んできた。

鈍い爆音が轟《とどろ》く。

「うわあああああぁぁぁぁぁっ！」

「な、なによっ、またなのっ⁉」

ファラは素早くソファの前に回ると、少女をかばって抱きしめる。

衝撃がおさまると、窓の横の壁に、人間が三人は楽々通り抜けられそうな大きな穴が開いていた。

「ウ　アエヌン　フィオムド　ヤイオ，メルディ！（見つけたぞ、メルディ！）」

「なんだお前っ!?」

壁の穴から入ってきたのは、マントをつけた壮年の男だった。褐色の肌だ。ギラギラした目に残忍な光をたたえている。

「ヒアデス!」

少女が叫んだ。

「エス　シゼル　ワイトゥテムドス，ウ　アエヌン　ワイトゥン　ティイ　クウルル　ヤイオ!（主命により、おまえを殺す）」

リッドは男の言葉から、一瞬少女の仲間かと思ったのだが、そうではないらしい。

男は剣を抜き、少女を睨みつけた。

「なにするんだよっ。他人の家に入るときは、入口のドアからにしろ。せめて窓とかさ」

リッドは男に視線を当てたまま、少女を抱いているファラの前へ移動する。

「————ッ!」

男が少女めがけて突っ込んできた。

「ああっ、リッド!」

リッドは素早く腰の鞘《さや》から剣を抜くと、男のそれに激しく合わせ、力まかせに払った。

男はよろけ、ソファに激突する。

「ヤイオ　バウルル　ミティ　ブン　エルリバンド　ティイ　グンティ　ウム　ティアン　バ

エヤ！（邪魔するな！）」

「やめろっ！」

リッドはソファから体勢を立て直した男に斬りかかった。

「魔神剣っ！」

すばやい横斬りから逃れようと、男は右側へ飛びすさる。

「ウッ！」

男の足がテーブルを跳ね飛ばし、テーブルはそのままものすごい音をたてて暖炉に突っ込んだ。細かい灰が霧状に舞い上がる。

「いまだファラ！　逃げろっ」

「うんっ」

少女をかばいながら外へ出ようとしたファラは、だが思いきりつまづいて転んでしまう。そこに、恐怖のためにしゃがみ込んで頭を抱えた村長がいたからだった。

「きゃああ！　こっ、来ないでよっ」

ファラは心を決めたようにキッと男を睨みつけ、少女を離すと男と向かい合った。

「だてに、レグルス道場に通ってたわけじゃないんだからねっ」

隙《すき》のない構えに、男はちょっと驚いたようだったが、しょせんは女だと思ったのだろう、にやりとした。

「ウオオオオオッ！」

斬り込んできた剣の先がファラのエプロンをかすめる。

「えいっ」

剣をかわしたファラの小手が、男の手首に入った。

「グッ!?」

すかさずリッドが背後から斬りつける。

「隙だらけだぜ、おっさん」

「グワァァァ！」

男の肩口から血が吹きだした。

ファラは苦痛に顔を歪めている男と、それをぼう然と見ている少女を交互に見比べ、躊躇《ちゅうちょ》した。

「ヂ……ヂ　ミティ　ティアウムク　イフ　ティアウス　エス　ティアン　ンムド（これですむと思うなよ）」

男はよろりと立ち上がると、捨て台詞《ぜりふ》のようにそういい放ち、破壊された壁から外へ走り出ていってしまった。

「行っちまったじゃないか」

「だって……。いったいなんだったの？」

ファラが振り向くと、ほっとしたのか、床に座っていた少女は、くたくたと倒れてしまう。

「大丈夫？」

駆け寄って助け起こすと、少女は立ち上がり、「バンディン　ヤイオ　バイディディウンド？（心配してくれているのですか？）」と、驚きの声をあげた。

「え!?」

「ウ　エトゥ　エルディィウガティ（大丈夫です）」

「大丈夫っていってるのかな」

「ティアエムクス　フィディ　ヤイオディ　アンルプ．ヤイオ　エディン　ヌンディヤスティディイムグ，エディン　ミティ　ヤイオ？（ありがとうございました。お強いのですね？）」

「……やっぱりわかんないや。ごめんね」

ファラは苦笑いしながらリッドに向かっていった。

「ねえ、いまの男だけど。狙ってたのはこの子の命、だよね」

「迷子を迎えにきた親父にでも見えたか？」

「ううん、歳が離れすぎ。ってそういう問題じゃないけど」

「いったい、どういうことなんだろうな」

そのとき、めちゃくちゃに倒れ重なった家具のむこうでうめき声がした。

「いけない！　村長、大丈夫でしたか？　わたしったら思いきり蹴ってしまって」

ファラは今度はカムランを助け起こそうとしたが、彼はその手を汚いもののように振り払った。

「……村長？」

「……」

「あのう」

「……またおまえたちなのか」

「どうしたんですか、村長」

ファラはふたたび手を貸そうと屈《かが》みこんだ。

「またおまえたちがっ。わ、災いをもたらすのだな！　あのときのように！」

ファラが体をびくりとさせる。たったひと言でスイッチが入ったかのように、唇がわなわなと震えた。

（あのとき…………）

彼女の脳裏で、渦巻く炎が噴きあがる。

（あのとき……？）

「ち、違う。違うぅっ！　わたしっ！」

「村長っ！」

幼なじみの悲鳴をリッドが遮った。

「汚ねぇぞ。昔のこととは関係ねぇだろ！」

「関係ないだと？」

カムランはゆっくりと立ち上がると、めちゃくちゃに破壊された壁から暖炉、調度の類《たぐ》いをひと渡り見回した。

「おまえたちとて、あの出来事を忘れたわけではあるまい。災いの種はすぐに排除せねばな」

カムランは少女を指さすと叫んだ。

「その娘を村から追い出せ！　即刻だぞ！」

しばしの沈黙が流れた。リッドもファラも、譲歩の余地のないことを感じとっていた。

「……わかりました、村長。おっしゃるとおりにします」

「おい、ファラ！　そんなこと」

しおらしいファラの口調に、リッドは驚いてしまう。が、それはすぐにがらりと変化した。

「いいんだ。たーだーし！　わたしも一緒に出て行きますから。ふふっ」

「な、なんだって」

「だから村を出るの」

明るい笑顔さえ見せている彼女を、カムランはじっと見つめていたが、「……好きにするがいい」といい捨てた。

村長の言葉に、厄介払いができてほっとしているようなニュアンスが含まれているのを感じたリッドの胸には、ふたたび怒りが湧《わ》いてきた。だが、口を開くより早く、ファラは少女を伴って部屋を出て行ってしまった。

「おい、待てよ！」

あわててあとを追おうとしたリッドは、ちょうど入れ違いに部屋へ駆け込んできた若者と鉢合わせになった。

「そ、村長！　家が半分ほど壊れてますが……いったい……!?」

彼はオーグという名で、村長の下で働いている。小さな村ゆえ、もちろんリッドとも面識があった。

「リッドじゃないか。どうして君がここに？　まさか君がやったのか？」

黙って出て行こうとしたリッドを、オーグの問いが追いかけた。

リッドは足を止めかけたが、けっきょく振り返らなかった。

ファラが心配だった。

「こんなところにいたのか」

リッドがファラの姿を見つけたとき、彼女は倒壊した見晴台のそばでうなだれていた。

「……村長のいうことなんか気にすんなよ」

「……」

「ファラ……？」

「……悲しいよ」

リッドは思わず、肩を震わせているファラに近づいたが、「なんだよっ。泣いてんのかと思ったら！」と眉を寄せた。

「くくくっ。だって、おかしくって。もしかしてと思って戻ってみたんだよ。リッドにシチューを作ってあげたくて。でもあの衝撃で、ベアも鳥もきれいさっぱり、こっぱ微塵になっちゃったみたい」

「あ」

リッドは、自分が今日の獲物を置きっぱなしにしていたことを思い出した。

「せめておいしく焼けてたりしたら、うれしかったんだけどねえ」

あはは、とファラは笑った。

(こいつ……ほんとに切り替えの早いやつ！)

リッドはあきれた。

そのとき、少し離れた場所で小動物と遊んでいた少女が、リッドに気づいた。うれしそうに笑いながら、弾む足取りでこちらへやって来る。一歩踏み出すたびに、ゆるくウエーブのかかったライトパープルの長い髪が揺れた。

「それよりさ、あの子のことだけど……おまえ、本気で一緒に村を出る気なのか」

「うん。もう決めたんだ」

「決めたって、どこへ行くんだ。あてはあんのかよ」

「うーん」

ファラはたいして悩んでもいなさそうな表情でうなってみせた。

少女は見晴台にちょっとさわってみたりしながら、あちこち角度を替えて珍しそうに眺めている。

「まずは、この子の言葉を理解できる人をさがす必要があるよね」

「そんなやついるのか？」

「それは……あ、ほら！　たとえば、キールとかどう？」

「キール」

リッドの頭の中で、なにかが目まぐるしく動いた。目の前の、倒壊した見晴台……。

「キール！　思い出したぞ！　キールってあの、泣き虫でどんくさいキール・ツァイベルかよっ」

「それは子供のころの話でしょ」

「ここで、よく遊んだよな。三人でさ」

「そうだったね……」

「あいつ、ここに昇って『落とすよぉ』ってファラにいわれるだけでビービー泣いてた」

「冗談でいっただけでしょ！」

　ファラも幼いころを思い出したらしい。崩れてしまった見晴台をしみじみと見つめた。

「あいつが引っ越して行っちまってから、えーと、もう……一〇年か。早いな」

「伯母さんに聞いたんだけど、キール、いまじゃミンツ大学の学士さんになってるらしいよ。よくわかんないけど、すっごく偉いらしいの。だから、この子の言葉も解明してくれるかもしれない」

　どうだかなぁ、とリッドは即座に首を傾げた。

「あのキールだぜ？　いくらなんでも頼りないいんじゃないか」

「イケるイケる！　大丈夫だって。決ーめたっと。目的地はミンツ！　そうと決まったらさっそく準備しなくちゃ」

「おい」

リッドは真顔になった。

「ファラ。伯母さんのほうは大丈夫なのか」

「畑にいるよ」

「……じゃなくてっ！　いいのかよ？」

ファラの伯母は、ふた親をいっぺんに亡くした姪を手もとに置いて育ててくれた人だ。

「大丈夫だって。ちゃんと手紙を書いて残していくし、畑はわたしがいなくても誰かが手伝ってくれるから。ねっ？」

ファラは少女を手招きし、リッドを振り返った。

「なにしてるの。早く来てよ」

「オレはミンツなんかに行かねぇぞ」

「わかってるって。けど、見送りくらいしなさいよね」

「……ああ」

リッドは、しぶしぶ、ふたりと一匹のあとについて歩き出した。


「ねえねえリッド。どうかな」

ファラの家の質素な食堂で待っていたリッドの前に、少女が連れてこられた。

「わたしのお古を上に着せてみたんだ。これならあまり目立たないと思って」

「ヂンス　ウティ　フウティ？（似合ってますか？）」

ファラのワンピースは小柄な少女には大きすぎるようだった。服の上からすっぽりとかぶっているにもかかわらず、ぶかぶかしている。少女ははにかみながらリッドに話しかけてきた。

「なんだって？」

「ウティ　ウス　エ　ルウティティルン　プレウム，ボティ．．．ウティ　ウス　エルシワオティン，ウス　ミティ　ウティ？（ちょっと地味だけど、かわいい……ですよね？）」

「ちょっとでかいってか？　うんうん、たしかに。背の高さが違うからな」

しかし、ぶかぶかもけっこうかわいいじゃないか、とリッドは密《ひそ》かに思った。

「ウ　バイムドンディ　ウフ　ウ　ミバ　リイク　ルウクン　エ　プンディシム　フデイイトゥ　ヘディ？（インフェリア人っぽくなれたかしら？）」

「そ。贅沢はいわない。えらいなおまえ」

「ティアエムク　ヤイオ　ヌンディヤ　トワア！（ありがとうございます！）」

「いや、オレは腹へってねぇから」

リッドは適当に相づちを打ちながら、ファラの支度が整うのを待った。

農民の家らしく、台所のすみには大きな木箱に入ったじゃがいもや玉ねぎなどが、たっぷりと貯えられている。棚には瓶詰めの保存野菜がぎっしり並んでいた。

狩猟と農業とは性格が違うのだとわかっていても、リッドはこの家に来るたびに、潤沢な食料というものに戸惑《とまど》いを覚えてしまう。

やがて、ファラが支度を整え自分の部屋から出てきたとき、ノックの音が聞こえた。

玄関ではない。勝手口のドアだ。

リッドとファラが顔を見合わせる。ドアが細く開いた。

「いるかい」

顔を覗かせたのは、村長の家で会ったオーグだった。またあの男が襲ってきたのではないかと警戒していたリッドたちの緊張が一気にほぐれる。

「ああ、びっくりした。なにかご用ですか」

ファラはオーグのためにドアを開けてやった。

「村を出るんだってな。間に合ってよかった。少ないけどこれを持っていってくれ」

「お金？」

バールの差し出した小さな革袋を受け取ったファラは驚いた。

「いいんですか……？」

「ああ。それより村長のことを悪く思わないでくれ。本当はあの方だって、君たちを見送ってやりたかったと思うよ。でも村長は村の未来を守る義務があるからな」

「ありがとう」

ファラは頭を下げた。オーグはリッドに視線を移すと、「さっきは悪かったな」といい、静かにドアを閉めて帰っていった。

「ふう。さて、と。出発しよっか」

ファラが少女の腕をとる。と、彼女はファラの手をふりほどいて、リッドにしがみついた。

「うわっ」

「ウ　ムンンド　ティアウス　プンディィシム！（私には、この人が必要です！）」

「なにすんだよ」

「あのね、わたしたちは、出て行かなければならないのよ」

「ウ　ヂ　ミティ　バエムティ　アウトゥ　ティイ　ルンエヌン‼（離れたくありませんっ‼）」

少女は叫びながら、何度もリッドに体当たりを食らわせた。

そのたびに、また虹色の光が溢れて散った。

「フィブリル！　フィブリル！」

「おい、オレはそんな名前じゃねぇぞ」

「離れなさいって、もう。リッドは行かないのよ。うーん、やっぱり無理なのかな」

「無理ってなにが」

嫌な予感に包まれながら、リッドは訊ねる。

「その子は村から出て行かなくちゃならなくて、なおかつあなたから離れたくない。とすると……」

「なんだよっ」

「だーかーら。リッドがここに残るのは無理なのかなって意味よ」

「……」

リッドは天井を睨みつけた。

「そうなるわけか……」

(ラシュアンの悲劇——あの一件以来、オレたちがまた三人で会うのか？　運命ってやつなんだろうか)

「フィブリル！　フィブリルーっ！」

「いててて」

「ねえ、どうするの？　リッド」

「どうするったって、この場合しょーがねーじゃねぇか」

リッドは、やけくそになって怒鳴った。

「……しっかし一〇年もたってて、顔がわかるのかよ」

「なんとかなるって。イケる、イケる！」

「っとにお気楽だな」

あきれるリッドの目に、虹色の光を透かして、うれしそうに笑うファラが見えた。

第二章

朝早く村を出て半日ほど山道を歩くと、リッドたち三人はラシュアンの大河に出た。準備が整い次第出かけるつもりだったのだが、すでに夕刻だったため、出発を翌朝までのばしたのである。

「おまえ、伯母さんは大丈夫だったのか」

「平気、平気！」

水音に消されまいと、ファラが声を張る。

「ゆうべは伯母さんの帰りが遅かったからなにも話せなくって、けっきょく、寝てる間に置き手紙してきちゃった」

「その子は？」

「わたしの部屋にいたから、気がついてないと思う」

「そのうち嫌でも村長のところから耳に入るさ」

「ま、そうだね」

リッドとファラは、傍らで珍しそうに河の流れを見ている少女の様子をうかがった。

その表情からは、なにを考えているのかまったく読めない。

白いフリル飾りのついた靴のまわりを、青い動物がせわしなく跳《は》ねていた。

「やっぱり相当変わった光景だぜ」

「変わってるっていえば、ゆうべわたしのベッドで眠る彼女を見てて気づいたんだけど」

と、ファラは少女にチラッと視線を走らせた。

「あの額の石、とれないみたい。アクセサリーかと思ってたのに」

「ふーん。ますますもって謎だな」

リッドは、少女の額の左寄りについている乳白色の石を見つめた。大河の澄んだ水に映る、雲の色にも似ている。

「それにしても、いくら言葉が通じないっていったって、名前もわからないんじゃ不便だよね」

橋を渡りはじめながら、ファラが少女を手招きする。その手を自分のほうへ持っていき、「わたしの、名前は、ファラ。ファ、ラ。わかる?」といった。

「ふ……あ」

少女は小首を傾げたが、すぐに意味を理解したようだった。

「ファ、ラ」

「ふ……あ、ら。ふあら……ふぁら？」

「そう！　で、こっちが、リッド」

「り……どー？」

「ちがう、リッド、だ」

リッドは思わず力説してしまう。

「りっど！」

「よぉしっ」

頷いてやると、少女はうれしそうににっこりする。

「いえたじゃない、すごいすごい」

少女はファラとリッドを交互に見てから、今度は自分を指さした。

「メルディ，メルディ，メルディ！」

「めるでぃ……」

「っていうのか」

「ティアエティ　ウス　デイウガティ！　エムド　ティアウス　ウス…クイッキー，クイッキー，クイッキー！（そうです！　そして、こちらが……クイッキー！）」

少女は小動物を両手で抱き、ふたりの前に突き出してみせた。

「ふむ。こいつは、くぃっきー、っていうんだな」

「クイッキー！」

　小動物がひと声高く鳴く。

「すげーわかりやすい名前だ」

「あはは。いいじゃない、とにかくみんなの名前がわかったんだから。ねえ、このぶんだとこの子――メルディの言葉って案外簡単なんじゃないかな。わざわざミンツまで行く必要ないかもね」

「ははっ。だったらいいなぁ。オレ、遠くまで行って生活変えたくない……」

「ンズワオスン　トゥン（すみません）」

　メルディがリッドを遮った。

「ヨオウワクルヤ，ワイオルド　ヤイオ　テイデイヤ　テイイ　フウムド　シトゥンイムン　バアイ　ワエム　ブンテイテインデイ　オムドンデイステイエムド　トゥン？（早く、わたしの言葉が通じる人を探してもらえませんか？）」

「……へ？」

　メルディの必死な瞳の色からリッドが目をそらす。

「テイアンデイン　ウス　ミ　テイウトゥン!!（一刻の猶予もないのです!!）」

「わ、わかったわかった。キールのとこへ行くから。な？」

「それがいいみたいだね」

ファラは肩をすくめかけたが、橋の下を轟ごうと流れる水を見て、「なんできょうはこんなに流れが速いのかな」とつぶやいた。

ミンツへ行くためには川沿いを南下し、さらに大陸をつなぐ桟橋《さんばし》を渡る必要があった。しかし、時間がたてばたつほど河の流れが速くなってきたように感じる。

農民であるファラにとって、水がすべての作物の命のもとであるという意識は絶対のものだ。いつもと様子の違う水を見るとひどく違和感がある。

が、ファラはなんとなく嫌な予感を抱いたものの、メルディの前で——たとえ言葉が通じないとはいえ——それを口にするのは、はばかられた。

（メルディ……自分がいまどこへ連れて行かれる途中なのかわからないんだもの、不安でたまらないんだろうな）

やがて橋が近づいた。

「あれ？　やけに人が多いな」

リッドが訝《いぶか》しげに言う。男たちが十数人はいるだろうか、橋のたもとでなにやら作業しているようだった。

「リッド！　橋が岩にやられちゃってる！」

ファラが叫んだ。

「すみませーん！　いったいどうしたんですか？」

駆け寄って、岩と土砂を除去している男に訊ねる。

「あんたたち、ここを渡りたいのかい？」

土埃《つちぼこり》がひどいせいで、鼻と口を布で覆《おお》っている男が、くぐもった声で訊ね返した。

「ええ、わたしたち、ミンツへ行くところなんです」

無理だね、と男は言い捨て、ハラリと布を取る。五〇がらみの男の顔には、疲労が滲《にじ》んでいた。

「見てのとおりさ。きのう崖崩《がけくず》れがあってな、橋は通れんよ」

「ほかに道はないんですか」

「うーんと遠回りすりゃ、どっかから渡れなくもないだろうがね。まともな神経の持ち主なら復旧するまで待つだろうな。おかげで俺たち近所の者は、きのうから駆り出されて大変さ」

男が大げさにため息をついてみせたとき、ちょうどそこを通りかかったふたりの若者のうち、ひとりが笑った。彼は土の入った大きな布袋をふたつ、両肩に担《かつ》いでいる。

「まあまあ、だからきょうはこうして、私たち道場の者が助っ人に来てるじゃないですか。疲れたら休んでてくださいよ。みんな力だけはひと一倍ですからね」

「そうですよ」

もうひとり、スコップを持っている気弱そうな若者が相づちを打つ。

「あれっ⁉ パオロさん⁉」

ファラが突然声をあげる。

「……ファラ、さん」

スコップの若者とファラは顔を見合わせた。

「なんだ、知り合いかよ」

リッドが口をはさむと、

「うん。こっちのパオロさんはね、道場の先輩なんだ」

ファラはなつかしそうな声で説明する。

「道場って、あのレグルス道場か？」

そうです、とパオロという若者は消え入りそうな声で答えた。

武術をやっているわりには、はっきりいって弱そうだな、とリッドはひそかに思う。

「崖崩れの復旧作業は立派な鍛練になる、とフランコ師範がおっしゃいまして。私は入門から日の浅い門下生を連れてきているんです」

どうやら布袋を担いでいた若者のほうが、パオロよりずっと初心者のようだった。

「あのね、パオロさん。わたしたち……」

ファラがミンツに行かなければならないことを説明しだしたので、リッドはさっさと岩陰に腰を降ろした。

クィッキーを肩に乗せた――長いしっぽのせいで、首に巻いているように見えるのだが――メルディは、トッ トッと軽い足音をたててリッドを追いかけてくる。

「通れねぇなら、通れるようになるまでここで野宿、野宿っと。メルディ、わかるか？　今夜はここで、寝、る」

「オムドンディスティエムド．ウ　エトゥ　シディディヤ（全然わかりません。ごめんなさい）」

「寝、る」

「バアエティ　エディン　ヤイオ　ティディヤウムグ　ティイ　セヤ？　ウ　イムルヤ　バエムティ　ティイ　セヤ　イムン　ティアウムグ．ウ　ムンンド　ヤイオディ　アンルプ!!（あなたは、何て言ってるの？　私が言いたいことはひとつ。助けてほしいのです!!）」

「あんるぷ？　なんだって？」

メルディの瞳に焦りが走った。

「ウフ　ティアウムグス　ヂ　ミティ　ワアエムグン，ティアンスン　ティバイ　バイディルドス　バウルル　ブン　ドンスティディイヤンド!!（このままだと、ふたつの世界はぶつかってしまいます!!）」

「痛てっ！」

メルディは渾身《こんしん》の力をこめて、リッドに体当たりした。虹色の光が散る。

「フィブリル！　フィブリル！」

「なんだよ、オレはリッドだっていっただろ？」

「リッド，フィブリル！」

リッドは眉をしかめた。

「なんなんだよ、フィブリルって。だいたいどうしてこんな光が出るかな」

そのときだった。虹色の光がわずかに翳《かげ》り、ほどなくもとの輝きを取り戻した。それが数度繰り返される。

「ん？」

雲が太陽を遮って過ぎたにしては、早すぎる変化だった。

作業をしている男たちからも「まただ」「どうしたんだ」などと、どよめきが起こる。

空を見上げたリッドは、オルバース界面が不安定に歪み動き、光量を一定に保てなくなっているのを見た。

（……なんだ？　そういえばきのうファラのやつも「空の色が変」とかいってたよな。なにか関係があるのか）

リッドはなにげなくメルディに視線を移し、ハッとなる。

彼女の空を見上げる大きなライトパープルの瞳に、不安と焦りの色を見たからだった。

「リッド、メルディ！　こんなところにいたの？　ねえねえ、これから道場に行くことにしたからね」

　ファラがふたりをさがしに来た。

「パオロさんがね、師範ならミンツへの別な道を知ってるかもしれないっていうの」

「行くことにしたからね？」

　リッドはムッとしながらも立ち上がった。

「なんでも勝手に決めるところは、ぜんっぜん変わってねーのな。それより、いまのはなんだったんだ……っと」

　空の変化について話そうとすると、すでにファラの姿はなかった。

「ちぇ」


「こんにちはあ！」

　ファラが道場の前で声を張り上げる。

　レグルス道場は桟橋から少し西へ入ったところにあった。

「あれ？　誰もいないね……」

復旧作業を残りの門下生たちにまかせ、いっしょに戻ってくれたパオロの姿がないばかりか、この時間なら威勢のいい声をあげて鍛練——藁《わら》で作ったひと形を相手にした蹴りや突きの練習、激しい組手など——をしているはずの門下生たちが、ただのひとりもいないのだった。

「全員が、橋に行っちゃったわけじゃないのに変だなあ。リッド、わたしちょっと奥を見てくるね」

「ああ」

ほんの数か月前までここへ通って修行していたファラが、勝手知ったる奥へ消えてしまうと、あたりはシンとなった。

「キュククキュ……」

クィッキーが不安げな声で鳴く。そのとき。リッドは複数の気配を感じて、とっさにメルディを道場のすみへ押しやった。

「さがってろ、メルディ!」

どこから現われたのか、五、六人の屈強な男たちがリッドを取り囲んだ。ここの門下生なのだろう、揃いの道着に身を包んでいる。

「なんだよお前たち。オレはべつに道場破りにきたわけじゃねぇぞっ」

だが、彼らはじりっ、じりっと間合いを詰めてきた。

（オレには武術の心得なんかないからな。武器なしじゃ負けちまう。けど、ここで剣を抜いたら問題、だよな？）

さっぱりわけがわからないながら、リッドは必死で考えを巡《めぐ》らせた。そうしているうちに、男たちの中にひとりだけ強い気を放っている者がいることに気づいた。

（よしっ）

「うおおおおおぉぉぉぉぉぉぉ〜〜〜つっ！」

リッドはその男に向かって走りながら背中に装着していた小斧を素早く抜くと、柄の部分で男のみぞおちを狙った。

「ぐうっ！」

男の腹が柄を深く飲み込む。彼は目を剝《む》き、そのまま倒れた。

「お見事っ！」

突然、よく通る太い声が響いた。リッドを囲んでいた男たちは瞬《また》く間に視界から消える。

「……あんたは？」

床に崩おれた門下生を助け起こしてやりながら、リッドは声の主を上目遣いに睨みつけた。四〇代半ばくらいの、がっしりした男だった。

「フランコ師範よ、リッド」

ファラがくすくす笑いながら出てきていった。

「びっくりした？　師範はいつもこうやって入門試験をするんだよ。私のときもやられたんだから」

「なっ、なんなんだよっ。ファラ、知ってたんだな⁉　だいたい、だれが入門するって言った⁉」

「ふふふ、威勢のいい若者だ。おぬし、なぜルーエンに狙いを定めた？」

フランコ師範は鼻の下の髭を触りながら訊ねた。ルーエンというのはリッドが倒した若者のことらしかった。

「なんでって……いちばん強いやつだと思ったからさ。狩りをするときもそうだ。ボスをやっつければ、あとは統率を欠いてへろへろになっちまうから、やりやすいんだ」

「うむ、合格。入門を許可するぞ。といいたいところだが、先を急いでいるらしいな。まずは私の部屋へ来るがいい」

フランコは未練がましそうにリッドを見、くるりと背を向けた。

「ごめんね、リッド。師範、ここの跡継ぎが見つからなくて悩んでるんだ」

「……いい迷惑だな」

ファラに囁《ささや》かれて、リッドは渋い顔をした。

メルディの腕から飛び出したクィッキーが、まだ床に座って腹を撫でている門下生のまわりを珍しそうにくるくると跳ね回った。

「まず結論からいおう」

師範の部屋にある一枚板のごついテーブルを囲んだリッドたちに、フランコはいった。

「ミンツへ行く道だが、あの桟橋を通る以外にはない」

「ええっ、せっかくここまで来たのになんだよ」

思わずリッドが不満を漏《も》らすと、フランコは苦笑した。

「まあ、あわてるな。いまパオロを呼んでいる」

「パオロさん？　そういえばここに着いてから見かけないけど、どうしちゃったんですか」

ファラが訊ねた。

「身を清めておるのだ」

「ああ、橋のところの作業で泥だらけだったもんな」

「いや……」

フランコはいいかけて、そのとき初めてファラの隣りに座っているメルディに気づいたように、まじまじとその顔を見た。

「ファラ、こちらのお嬢さんは……？」

「アンルリ（こんにちは）」

「あっ、いや、別に、ただの友だちですっ。すごく無口なんで、話しかけないでください、師範」

「トゥヤ　メトゥン　ウス　メルディ（私の名前はメルディです）」

「話しとるじゃないかね、なにか……」

ファラがあわててメルディの口をふさいだとき、パオロが入ってきた。なるほど、こざっぱりした服に着替えている。

「お待たせいたしました」

「うむ。さっき話したとおりだ。おぬしの晶霊術でこの者たちを助けてやってくれ」

「承知いたしました」

「ファラ。私がここでおぬしに教えた技は旅にいかせそうか」

「もちろんです」

席を立ちながら、ファラは答えた。

「掌底破に、三散華に、飛燕連脚でしょ。みんなばっちりですよ」

「力技ばかりではないぞ。気をうまく使うことだな」

「……あー、それちょっと苦手かも。でもがんばります」

「充分注意して行けよ」

　パオロのあとについて部屋を出たところで、リッドはファラを突ついた。

「おい、ファラ。おまえって、いまいってたみたいな、なんとかって技が使えるほど強かったのか？」

「そうだよ。意外だった？」

　ファラはけろりとして答える。

「いや、ぜんぜん」

「悪かったわね」

　道場の出口でパオロが振り返った。

「ファラさん。このままラシュアン河に戻りましょう。やはりそれが近道ですので。もう門下生たちが筏《いかだ》の準備をしているはずです」

「筏って……でも、あの河、ものすごく流れが速かったよ？」

「ええ。ですから水の晶霊の力を借りるのです」

「ちょっと待った」

　リッドが口をはさんだ。

「さっきも思ったんだけどさ、ショウレイジュツとかショウレイとか、いったいなんなんだ？」

やだ、とファラが思わず足を止める。その背中に、後ろを歩いていたメルディがこつんとおでこをぶつけた。

「晶霊を知らないっていうの？」

「うるせぇな。それ、食えんのか？　腹がふくらまないようなものに興味はないね」

ファラはそれを聞いてため息をついた。

「私が説明しましょう」

パオロは気弱そうに微笑みながら、リッドに説明を始めた。

「たしかに晶霊は食べられませんね。物体ではありませんから。かといって、生物でもありません。あらゆるものの中に晶霊はいます。そしてすべての現象を司っているのです。火、風、水、光……あらゆるものの中に晶霊はいます。雨を降らせ、光を注ぎ、命を育み……。私たち人間は、晶霊なしには生きていけないといっても、過言ではないでしょう」

そうそう、とファラは頷いた。

「その晶霊たちを操って、いろんな現象を起こすことができるのが晶霊術士。レグルス道場には晶霊術の稽古場もあるんだけど、実際に使えるのはパオロさんだけなんだよ、ねっ？」

「いやあ。このクレーメルケイジがあれば、あとはちょっとした訓練で誰だって……」

パオロは真っ赤になって謙遜する。そして、懐から大切そうに小さな布包みを取り出し、開いてみせてくれた。

「へえー。これがクレーメルケイジかあ。こんなに近くで見るの、初めて！」

ファラがはしゃぐので、リッドも覗き込んでみた。

それはちょうど彼の中指ほどの長さの透明な筒状のもので、上下に不透明な装飾が施してあった。さらに上部には蓋らしきものがあり、携帯用なのだろう、皮紐までついている。

「中に赤い石が見えるでしょう？　晶霊石です。この結晶の中に晶霊を取り込むことによって術を行使できるというわけです」

「へえ」

確かに筒の中には、見たこともないような美しい石が入っていた。

「おい、メルディも見てみるか……おわっ！」

リッドが声をかけるまでもなく、メルディが彼を押しのけて前へ出る。

「クレメル　ワエグン!?（クレーメルケイジですね!?）」

「っと！」

ファラはあわててメルディの口を押さえた。

「……いまのは？」

パオロが驚いて訊ねるのに、「気にしない、気にしない。あはは～」とファラがごまかす。メルディは手足をばたばたさせていたが、やがてあきらめて口を閉じた。

「晶霊……強いていえば神様に近いようなものってことか？」

と、リッドはつぶやいた。

「それじゃ食えねぇよな、やっぱ」


リッドたちがラシュアン河に到着すると、パオロの言葉どおり、門下生たちによって筏が降ろされるところだった。

水の流れはさっきにもまして急になっているように見えた。そのため筏と岸辺の杭は太いロープでしっかりと結ばれているが、いまにもちぎれてしまいそうだった。

門下生たちの中に先ほどのルーエンがいることに気づいたリッドは、片手をちょっと上げて合図した。

「さっきは悪かったな」

「いえ、また道場へ来てください。それまで私も腕を磨いておきますから。道々、セイファートのご加護がありますように」

ルーエンはリッドたちにそういって笑いかけると、仲間と一緒に戻っていった。

それを見送ったパオロは、岸に立って片手にクレーメルケイジを持ち、「それではいまから水の晶霊にお願いをします」と、もう片方の手を高く掲げた。

「……」

晶霊石が輝き出した。

なんだかメルディの言葉に似ているみたいだ、とリッドは思い、そっと彼女を見た。

だが、メルディは顔色ひとつ変えずにそれを聞いていた。

やがて、ファラが歓声をあげる。

「見て見て!!　水が、こんなに静かになったよ！」

パオロは閉じていた目をゆっくりと開き、穏やかな流れに、ほうっと息をついた。

「よかった……。さあ、水が味方をしてくれるでしょう。筏でまっすぐ下っていけば、ミンツです」

「ありがとう、パオロさん」

ファラがお礼をいうと、パオロはふたたび真っ赤になり、「道々、セイファートのご加護がありますように」と、見送ってくれた。

なめらかな水面を、筏はまるで滑るように進んだ。

三人と一匹が乗るには充分すぎるほどの大きさだ。もともと貨物用なのかもしれなかった。

　ファラは、メルディが筏を怖がるのではないかと心配したが、意外にもほとんど表情を変えずにいる。しかしよく見るとその細い指はリッドの腕をそっとつかまえており、気丈に振るまっているだけなのがわかった。

「快調、快調。これもセイファートのご加護かな」

　途中、通行止めの桟橋の下をくぐったとき、リッドは愉快《ゆかい》そうに笑った。

　作業員の姿が一瞬だけ見えたが、すぐに小さくなって消える。

「オレ、セイファート教会に行ったことなんかないけどなあ」

「わたしも。『寛容と博愛』だっけ？　伯母さんがよくいってたな。インフェリアに生まれたからには、創造神セイファートの聖地・ファロースに、死ぬまでに一度は行ってみたいって――きゃっ」

　そのとき、筏が小さく揺れた。メルディのからだがファラにドンと当たる。

「ウ　エトゥ　シディディヤ（ごめんなさい）」

「うん？　大丈夫だよ。あれ、やっぱり……リッドとじゃなきゃ出てこないんだね、あの虹色の光……」

　ファラはダークグリーンの髪を風になびかせながら、ちょっと残念そうに笑った。

「出ねえほうがいいさ、あんなもの」

リッドは流れが穏やかなのをいいことに、その場にごろりと横になる。

（こうしているいまも、水の晶霊とやらがオレたちに、力を貸してくれてるっていうのか？）

誰かにそっと見られているような気がして、彼は目を閉じた。


ミンツに到着したのは、夕方に近かった。

街の近くまで来ると、不思議なことに筏がすーっと吸い寄せられるように岸に着いた。そうでなければ、リッドたちはそこがミンツとも知らず、そのまま海に出てしまっていたかもしれない。

「やれやれ。体が痛くなっちまったぜ」

リッドはいちばんに岸へ上がると、思いきり伸びをした。

「どうやら船着き場みたいだな……ミンツ大学ってのはどこにあるんだ」

「さあ、街のほうだと思うけど」

メルディの手を取ってやりながら、ファラがいった。

「ティウディンド？（疲れましたか？）」

「ククククィッキー」

あたりにひと気がなかったのでリッドが先に様子を見に行ったが、すぐに戻ってきた。

「あっちだ。噂《うわさ》をすればなんとやらで、教会もあるぜ」

船着き場から続く小道を抜けてしばらく行くと、そこはもう街中だった。

街だけあって、行き交う人の数が多い。人数分の需要を満たすための商店が軒を連ねている。

ひときわ目立つ立派な教会には、インフェリアとセレスティアの間にあるセイファートリングを象《かたど》ったシンボルマークが燦然《さんぜん》と輝き——それはインフェリア各地で見られるのだが——、その力を誇示している。

「あっ、ねえねえ。あの人たち、みんな学者の印の白い木のチョーカーしてる。それに同じ服だし……ミンツ大学の制服じゃない？」

「ああ。そうだな」

ファラの言葉にリッドもうなずいた。自分と同じ年ごろの男女が、同じ道から出てくるところを見ると、大学はその奥にあるらしかった。

「行こ。もうすぐキールに会えるよ」

ファラは「キール、キール、キール」とメルディに向かって繰《く》り返しながら、大学への道を歩きだした。

「キール・ツァイベル、ですか」

大学の受付カウンターで、髪の長い受付嬢がそう繰り返した。ジーナと書かれた名札をつけている。

「そうです。彼はいまどこにいますか」

「……………」

ジーナは答えず、しげしげとファラたちを見つめた。

赤い布のチョーカーと茶の木製チョーカー——農民と猟師がいっしょに学生を訪ねてくるなど、めったにあることではない。おまけにもうひとりの少女は、見たこともない色の髪と肌をしている……。

失礼ですが、とジーナは用心深く訊ねた。

「その学生とはどういったご関係で？」

「どういった？　オレはただチビのころ近所に……」

「いいえ。わたしたち、身内の者です！　父が倒れて死にそうで、唸《うな》ってるんです！　だから早くっ!!」

「わ、わかりました。少々お待ちを」

ファラの剣幕に押され、ジーナは学生名簿を調べる。

「学生番号３４６０４、キール・ツァイベル。光晶霊研究室所属ですね」

「光晶霊……？　ここからどうやって行ったらいいんですか」

ファラが急き込んで訊ねたとき、クィッキーが跳ねた。

「ククク、クィッキー!!」

カウンターに飛び乗ったクィッキーに、ジーナは一瞬言葉を失う。

「クィッキー，アンディン バンギ！（クィッキー、おいで！）」

メルディもカウンターに土足のままひょいと乗ってしまう。

「なっ!?　なんなんですか、あなたたちっ!?　誰かっ、誰か来てくださいい〜っ!!」

大切な学生名簿を踏まれて、ジーナは叫び声をあげた。

リッドとファラは、あわててメルディとクィッキーをカウンターから抱き下ろすと、構内に駆け込んだ。


光晶霊研究室は、薄暗い廊下の突き当たりにあった。同じような研究室が並んでいてわかりにくかったが、文字の剝《は》げかけたプレートがかかったドアの前で、ファラは立ち止まると、「ここね。メルディには待っててもらうほうがいいかな」とリッドにいった。

「そうだな。また騒がれると困るし。いいか？　ここで、待ってろ。待つ、じっと立ってる、どこにも行かない、わかるな？」

リッドの身振り手振りで、メルディは理解したらしい。こくんと頷いた。

「よし。行こう、ファラ」

研究室内に入ると、十数人の学生たちが忙しく動き回っていた。七対三で、男子学生が多いようだ。

実験机の上の薬品らしき液体を調合する者、議論する者、歩きながら文献を読み耽《ふけ》っている学生もいる。しかし、ファラにはどの男子学生もキールには見えなかった。

(一〇年もたっちゃってるし、相当変わったのかも)

「すみませーん。あの、ちょっと」

ファラは手近にいた学生のひとりに声をかけた。彼は立ったままなにかの計算式をノートに書きつけていたが、顔を上げると驚いたようにファラを見た。

「なにか?」

「キール、キール・ツァイベルはここにいますか?」


「まったく。この忙しいのになにが起こったっていうんだ?」

晶霊学部長のカーライルは、ぶつぶついいながら廊下を走っていた。受付のジーナから、不審な部外者が光晶霊研究室に侵入しようとしていると連絡があったからだ。

「そいつらが爆弾でも持っているというのか⁉　どっかん!」

と、カーライル学部長は、研究室の前にひとりの少女が佇《たたず》んでいるのを発見した。

「おい、なにをしてる」

メルディは、カーライルのダミ声にびくっと肩を震わせた。

「アンルリ……(こんにちは……)」

「なんだって? 聞こえんぞ。こら待てっ」

「トゥヤ メトゥン ウス メルディ(私の名前は、メルディです)」

「クィッキ――!」

「ヤウクンス(こわい)」

彼女は、ドアを開けて研究室へ飛び込んだ。その拍子に、いちばん手前にあった実験机にぶつかってしまう。

「うわあぁっ」

ふたつの薬品入りフラスコを持っていた学生がよろけ、打ちつけあったガラスの割れる音がした。

「ま、混ざった。薬が混ざったぁ!」

ドッカン! 一瞬噴き上げた炎は、メルディを追ってちょうどそこへ入ってきたカーライル学部長の口髭を焦がした。

「こ……これはっ! なんの騒ぎだっ!!!」

「ウス ティアンディン エムヤイムン アンディン バアイ ワエム スプンエク メルニク

ス？（メルニクス語を話せる人はいませんか？）」

ファラとリッドはあっという間の出来事をぽかんと見ていたが、「早く、こっちへ」と学生に囁かれ、ハッと我に返った。

「ここなら大丈夫だよ」

ファラに声をかけられた学生は、空いていた階段教室のドアをしっかりと閉めながらいった。

「ありがとう」

「いや。きみたち、キールを探してるんだったよね。僕はサンク。キールと同じ助手なんだ」

サンクは人懐っこそうな笑みを浮かべたが、すぐに顔を曇らせた。

「やつは……いま、ここにはいないよ。休学処分を受けて、岩山の観測所に行ってる」

「休学？」

リッドはにっと笑った。

「おもしれぇ。あのキールが不良になったのかよ」

「違うよ。キールは優秀なやつさ。ただ……なんていったかな、連鎖的世界崩壊仮説とかいう物騒な説を唱え始めたもんでね。カーライル部長だけじゃなくて、ミンツ大学側全部を怒らせちまって」

「世界、崩壊……それは物騒だね」

ファラは力なく首を振った。

「ねえ、それはそうと僕の聞き違いかもしれないけど。さっきこの子、メルニクス語をしゃべってなかったかい？」

「メルニクス語？」

リッドが聞き返す。

「この子のいってること、わかるのかよ」

「いや。ほとんどダメだ。でも、晶霊術士の呪文はすべてメルニクス語だからね。講義で僕も習ってるから、少しはわかるよ。間違いないね」

サンクは好奇心丸出しの表情になって、メルディに顔を近づけた。

「トゥヤ　メトゥン　ウス　メルディィ（私の名前はメルディです）」

「やっぱり！　この子、ひょっとして宮廷晶霊術士さまじゃないのかい？　こんな難しい構文を理解してるなんて！　王都インフェリアからいらっしゃったのか？　まさかキールの知り合いだったりして。だったら研究室のみんなにも知らせて……」

「あ、う、ううん。そうじゃないの。とにかくその観測所に行ってみるね」

これ以上ここにいると面倒なことになりそうだった。ファラはサンクにもう一度礼をいい、リッドたちを促すと教室を出た。


キールがいるという観測所は、街の西側の岩山の頂上にあった。

「ここかな？」

「妙な形の建物だな」

リッドは、建物の上にボウルを伏せたような半球体が載っているのを見て、唇をへの字に曲げた。

「ほんとにやつがここにいるのか？」

「さあ。大学を追われたんだから、ほかに行くとこがなければいるんじゃない」

ファラはあっさりといい、「誰かいませんかあ？」と声を張り上げた。

「おーい、キールぅ！」

「ファラおまえ、声でかすぎ」

「うるさいなぁ」

ふたりが睨みあったとき、背後でゆらりと影が揺れた。

「キャアアアッ，ヤウクンス（こわい）」

メルディが悲鳴をあげる。

「何度来たってムダだ。ぼくは自説を曲げるつもりはない。晶霊場の変移はグロビュール歪曲のエネルギー蓄積を支持し続けるばかりさ」

「へ……」

「まだオルバース爆動がドカターク効果と無関係だといい張るつもりなのか？　晶霊学を基礎から勉強し直したらどうだ」

ゆっくりと近づいてきた影は、明りの下で人の形を結んだ。

顔のほとんどを覆っているダークブルーの前髪。その隙間から覗いている青紫の瞳……白すぎる肌。長身ではあるが、ひょろりとしているところは子供のころと変わらない。

「……キール、だよね？　わたし、わかるかな」

「なんだ、ミンツ大の関係者じゃないのか」

「ちがうよ、キール。ファラだよ！　ファラ・エルステッド」

「ファラ……って、ラシュアンの、幼なじみの？」

「そうっ。あはは、やっぱりキールだった！」

キールは伸びすぎた前髪をうるさそうに持ち上げる。

「そっちはリッドか」

リッドはおもしろくもなさそうに短く「よぉ」といったきりだった。

「うれしい～。幼なじみが一〇年ぶりにそろったね」

そのとき、じっとファラの笑顔を見つめていたメルディが動いた。キールに飛びつき、制服の上に着ているガウンを引っ張る。

「よせよ。このガウンは学士の印なんだ。大切なものなんだから乱暴にするな！」

「ヤイオ スンシトゥ ティイ アエヌン エ グディンエティ エトゥイオムティ（あなたは、たくさんの知識がありそうです）」

「なっ、なんだこいつ⁉」

嫌な虫にたかられでもしたような顔つきになって、キール・ツァイベルは喚《わめ》いた。

「メルディっていうんだよ。わたしたち、この子を助けたくてキールのとこまで来たの」

「なんでぼくにっ⁉」

「そう泣きそうな声で喚くなよ。こいつ、メルニクス語しか通じねぇんだ」

リッドが言う。

「なんだって？」

キールの顔色が変わった。

「メルニクス語だと？　助けるってどういうことだ。何者なんだ、こいつ」

「知らねぇよ。それがわからねぇから、ミンツくんだりまで来たんだろうが」

「……この動物もしゃべるのか」

「まさか。こいつはクィッキーって鳴くだけだ。おまえ、なにか混乱してねーか?」

リッドはあきれて苦笑した。

キールは、しばしメルディとクィッキーを交互に見つめていたが、

「混乱なんかしてるもんか。よし、やってみよう。ドームで話そうじゃないか」

と、頷いた。


リッドが外観から妙な形といったドーム内部には、巨大な天体望遠鏡が設置されていた。キールはドームの片隅に置かれている椅子をリッドたちに勧め、自分もメルディの向かいに腰かけた。

「トゥヤ メトゥン ウス キール・ツァイベル・バアイ, ヤイオ?(私の名前は、キール・ツァイベル。あなた、誰?)」

「トゥヤ メトゥン ウス メルディ(私の名前はメルディです)」

「バアンディン, フディイトゥ?(どこ、来た?)」

「ウ ワイトゥン フディトゥ セレスティア(セレスティアから来ました)」

「……うーむ」

キールは愛用のメルニクス語辞典を手に、辛抱強く何度もメルディに話しかけた。

テーブルの上には数冊の文献が開いたまま重なり合っている。

「大変そうだね」

「無理なんじゃねーの？」

ファラとリッドは小声で囁きながら、ドームの丸い天井や望遠鏡を珍しそうに眺めた。

壁にはインフェリア全土の地図や、ひと目で研究用とわかる巨大な天体図など、さまざまな図表が貼ってあった。

「え、来ま、した？　せれすてぃ……おい、なにいってるんだ、まさかそんな！」

キールが突然叫んだので、ふたりは驚いた。

「ど、どうしたのよ。なにかわかったの？」

ファラが思わず拍手する。

「……こいつ、セレスティアから来たといってるぞ」

「セ、セレスティア!?」

リッドは思わず、ずっこけそうになった。

「キール、気は確かかよ。この子がそんな恐ろしいやつに見えるか？　セレスティアっつったら――」

「うん。セレスティア人――レオノア百科全書第五巻第二章には、人肉を食らう凶暴な人種と記述がある」

「まさか、信じられないよ」

ファラは上目遣いに天井を睨んだ。

「空に広がってる、あのさかさまの世界からメルディが来たなんて。こーんなにかわいいのに」

キールは咳払いし、

「事実かどうかは別さ。だがともかくこの子は確かにそう言ったんだ。なにしに来たかは知らないがね」

と、不機嫌そうにいった。

「バアヤ，ワイトゥン？（なぜ、来た？）」

「プルンエスン！　ウ　ムンンド　ヤイオディ　エススウスティエムワン（お願いです！　助けて下さい）」

「なんだって？」

リッドが訊ねると、キールは首を振る。

「やはり生の古代語は理解するのが困難だな……くそ。ところで、この額についてる妙な石はなんだ」

キールが無遠慮に手を伸ばすと、メルディは短くなにかいいながら、するりと身をかわした。

「あはは、『さわらないで。キールのすけべ』だってよ」

「うるさいぞリッド」

「しっ、ふたりとも見て」

ファラがメルディを指さした。

メルディは壁の図表を眺めていたが、一枚の地図の前に立った。それはインフェリアとセレスティアの関係がひと目でわかるように描かれたものだった。

彼女は地図のある部分にひとさし指を当て、リッドたちに示した。

「そう。それがインフェリア、ぼくたちがいまいる場所だ」

キールが頷く。

「うん、下がインフェリアで、上がセレスティア。間にある境界がオルバース界面」

メルディは、それらをひとつの円におさめるように腕を動かした。

「そしてすべての総称が、エターニア。ぼくたちの住んでいる世界」

突然、メルディは苦しそうに細い肩を上下させた。

「いんふぇりあ、せれすてぃあ。ばーん！」

「えっ？　どういうこと」

ファラが首をかしげる。

「いんふぇりあ！　せれすてぃあ!!　どかーん、どっかーんっっ!!」

「……爆発……まさか」

キールが表情を失って立ち上がる。

「リッド、ファラ、来てみろ。この望遠鏡を覗いてみろ。位置は合っているから」

ふたりは顔を見合わせ、黙って巨大な望遠鏡の前に立った。まずはリッドが覗き込む。

「なんだこれ、オレが毎日見てる空じゃねーか」

「いいから。オルバース界面が見えるな？　拡大する」

キールが操作すると、リッドの視界に黒い点が現われ、膨張した。オルバース界面はもともと透明な膜のようなものなのだが、そこに黒ぐろとした広がりが見える。

「なんだ、このでっかいの」

「黒体さ。ちょっと前から観測できてたんだが、ますます目立ってきた」

「ふうん。じゃあ、このせいで空の色が変に見えたのか」

リッドに変わって望遠鏡を覗き込んだファラが、小さく唸った。

「で？　黒体ってなんなのよ」

「世界が崩壊する予兆さ。そいつ……メルディのどっかーんは、その危険を訴えているのかもしれない。いずれにしても詳しく調べてみる価値ありだな」

「世界の崩壊ねえ」

それで大学を追われたと聞いたことを、ファラは思い出した。

「詳しく調べるって、どうすんだよ」

リッドは、クィッキーと一緒に望遠鏡を覗き込んでいるメルディを横目に捉えながら、キールに訊ねた。

「ぼくの恩師にマゼット博士というメルニクス語の権威がいる。今はミンツ大学を辞してモルルの村で暮らしているらしい。まずはそこへ行こうっ」

「なんだって!?　どうしたんだおまえ、急に元気になりやがって」

リッドは露骨に嫌な顔をした。

「モルルなんて大陸が違うじゃねーか。ミンツまでっていうから来たんだぞ。冗談じゃないね、オレはラシュアンに帰る……」

「わたしはキールについてく」

ファラがあっさりと言った。

「だって、メルディほっとけないでしょ？　リッドは平気なの？」

「りっど、りっどぉ！」

メルディはなんとなく状況を察知したのか、飛んできてリッドにまつわりつく。

「クククィッキー！」

「わ、わかったよ。行きゃいいんだろ」

「そうそう。ふふふ」

ファラがうれしそうに笑った。

第三章

メルニクス語の権威・マゼット博士が住んでいるというモルルの村は、ミンツの東側の大陸にある。大陸間は海に隔てられてはいるが、実は両方をつなぐ洞窟があるのだと、キールは観測所からの下山途中でみんなに説明した。

「そこは『望郷の洞窟』と呼ばれているんだ」

「なんで望郷なの？」

ファラに聞かれ、キールは答えた。

「さあ、なぜかな。洞窟のあたりは、特別、モンスターの出現が多いと聞いている。そこでやられた旅人が、故郷を想いながら死んでいくからかもしれない。推測だが」

「けっ、大丈夫なのかよ。運動能力ゼロのおまえがそんなところを通って」

「バカにするなよ、リッド。ぼくは昔のぼくとは違うんだ」

リッドは、キールが腰につけている短い杖を見つけ、「それが武器なのか？」とからかった。

いや、とキールが杖を伸ばしてみると計算尺になっていたので、すぐ後ろを歩いていたファラは吹き出しそうになった。

「でも、ぼくは晶霊学を学んでいるから、リッドに心配してもらう必要はない」

「そうかい。べつに心配なんかしてねーけどよ」

だが、街まで下りないうちに、キールの顔色が悪くなってきたことにファラは気づいた。後ろで髪をひとつに結んでいる首すじに、冷たい汗が流れている。

「キール……なんか具合悪そうだよ？」

とたんにキールが足もとの小岩につまづいて転んだ。

メルディが思わず「あ」と声をあげる。

「う、うるさいっ。寝不足続きなんだよ」

「ちょっと休もうか。ね？　リッド」

ファラがなだめるような口調でいう。

「はん。口ほどにもねぇの」

リッドはそういいながらも、キールの顔色を見、さっさと薪《まき》を集めてきた。それから慣れた手つきで火を起こした。

「ほら、ここにきて暖ったまれ」

キールは黙って火のそばに座る。それから三人も次々に腰を降ろした。

メルディが、隣り合わせになったキールを気遣う。

「エディン　ヤイオ　ディウディンド？（疲れましたか？）」

「触るな！」

キールはガウンに触れた細い指を振り払った。

メルディは体をびくりとさせ、ファラを見た。見開かれた瞳が、なぜこんな仕打ちを受けなければならないのかと訴えている。

「キール、いまのちょっとひどいよ」

ふん、とキールはメルディを横目で見ていった。

「こんな得体の知れないやつ、用心してなにが悪い？　ま、意思疎通さえできれば使えそうだがな」

「使える？　どういう意味だよ」

リッドが聞きとがめる。

「ぼくは黒体の危険性を証明したいんだ。こいつの話を聞けば、証拠がつかめるかもしれない。そうすればぼくは大学に戻れる……いや、それどころかきっと最高学府である王立天文台に招かれるぞ。ははっ！」

リッドの目の中に、炎の影が映って揺れた。

「……ろくに体力もねぇおまえがいやに協力的だと思ったよ。目的は自分の地位か」

「違う！　ぼくは真実を探求したいんだ。そのためには最高の環境が必要なのは、当然のことだろう」

「……」

　重苦しい空気が流れかけたとき、メルディがキールの腰のあたりを見て手を伸ばした。そこにクレーメルケイジを発見したからだった。

「こらっ、触るなといったろ!?」

　キールがふたたび怒鳴る。メルディは、今度はただ目をそらした。

「いいかげんにしろよ、キール。あれっ、それってクレーメルケイジか？　へえー、おまえも持ってんだ。本物か？」

　リッドがふたたびからかうようにいうと、キールは本気で怒り出した。

「あたりまえだろ！　ぼくは光晶霊学の学士だぞ。グロビュール歪曲やカロリック流動の基本原理から応用晶霊学に至るまで、すべてを理解し実践する……」

「わかったわかった！」

　遮ったのはファラだった。

「キールはすごいね。で、おなか空いてない？　食事にして、どうせだから今夜はここでキャンプにしようよ。ね？　むずかしい話はいったんおしまい」

　体が子供のころの習慣を覚えていたらしい。ファラに「おしまい」と決められると、キールはひと言もいい返せない。おとなしく頷いた。

「じゃ、せっかく火があるから……家から持ってきた粉でパンケーキでも焼こうかな」

ファラは楽しそうに、食料の詰まった袋からごそごそと必要なものを取り出しはじめた。

(ちょこっとだけ村を留守にするつもりが、長い旅になりそうだな)

リッドはため息をつきながら夕暮れが迫ってきた空を見上げた。


翌朝、リッドたちは岩山を下り、望郷の洞窟の入り口にさしかかった。

大陸をつないでいるというわりには狭い岩穴が、真っ黒い口を開けている。

「暗いよ？　明りをどうしよう」

「とりあえずどこまで持つかわかんねーけど、松明《たいまつ》を持って入るか」

ファラとリッドが適当な枝を探しはじめたときだった。

低い呻《うめ》き声が聞こえた。

「モ、モンスターっ!?」

キールが腰を抜かしそうになる。

「バカ、落ち着けよ。人間じゃねーか」

リッドは苦笑し、たったいま、洞窟から出てきた男を見た。

商人の印である木製の緑色のチョーカーをつけた中年だった。ぼろぼろの服から剝き出しになっている腕に、生々しい傷がある。

(……この中でケガをしたのか)

リッドは男に近づいた。

「大丈夫か？　おっ、うまそうなもの持ってるな」

商人は革袋にあふれそうなほど卵を入れて大切そうに抱えていた。

「これは……ダメですっ」

男は卵をリッドからさっと遠ざけた。

「それ、エッグベアの卵だよね？　万病に効く妙薬で、すっごく高いやつ」

ファラがいう。頷いた男の目に、みるみる涙が盛り上がった。

「そうです。相棒と一緒にひと山当てようとこの洞窟に入り……あいつだけベアに見つかっちまったんです。あいつはもう……」

「そんな」

ファラは声をつまらせた。

「だからこの卵は都でうんと高く売ってやります！　あいつのためにも……もうあいつは二度と故郷のバロールを見ることもないんだ……」

男はぽろぽろ涙をこぼしながら、キールの横をすり抜けて行ってしまった。

「……な？　やっぱりぼくのいったとおり、『望郷の洞窟』だろ？」

「ああ。気を引き締めて行こうぜ」

リッドは手早く作った松明をみんなに渡した。

「あーあ、あんな高い卵でオムレツ作ったらおいしいだろうなあ。まあ、わたしはピヨピヨの卵も好きだけどね。さっ、メルディ行こ」

ファラはメルディの手を取ると、さっさと洞窟に入っていく。

「もらい泣きしそうになってたくせに、ぜんぜん怖がってない」

「ファラだからな」

リッドとキールが囁きあっていると、

「早くおいでよ。中は広いよー！　イケるイケるーっ!!」

明るい声が反響した。


洞窟内には何本もの枝道があったが、進むべき方角がはっきりしていたので迷うことはなかった。

ファラのいうとおり、入り口の狭さからは想像もつかないほど内部は広く、岩が幾重にも垂れ下がったように見える天井もかなりの高さだった。

しばらくは、なにごとも起こらなかったのだが、「痛て！」とキールがなにかにつまづいた。

「またかよ。よく転ぶのなおまえ」

「う、うるさいっ。なにか踏んだんだっ」

あぶなっかしく立ち上がったキールは、松明の炎で足もとを照らし、リッドに示そうとした。

「ほら、ここにこうして……げっ」

「なんだよ……！」

キールとリッドは同時に飛びすさる。明りの中に浮かび上がったのは、人骨だった。

「さっきの男の相棒かな」

「そんなわけないだろう。すでに白骨化しているじゃないか」

「ふ、ふんっ。わかってるさ、そんなこたぁ」

ふたりがブツブツいっていたとき、ファラが背後で叫んだ。

「危ないっ！」

「……え!?」

リッドは反射的に剣を抜く。が、すでにファラが地を蹴っていた。

「掌底破っ！」

鈍い衝撃音とともに、ガラリと岩の崩れる音が響いた。

「ロックゴーレムか⁉」

「なんだそりゃ」

「本に出ていた。モンスターだ。属性は確か……」

「そんなこたどーでもいいっ！」

リッドはキールを押しのけて前へ出た。

それは岩でできた巨人だった。五、六体はいるだろうか。

「三散華っ！」

先ほどの小手の技から、ファラはふたたび地を蹴り、連続の回し蹴りをロックゴーレムに浴びせた。モンスターはガラガラと地響きをたてて転がり、消滅した。

「ひえー、三回も蹴りやがった」

リッドは右前方から襲いかかってきた別のゴーレムに挑《いど》みかかった。

「虎牙破斬！」

斬り上げた剣を、もう一度振り落とす。胸のあたりを二度やられたゴーレムはよろけ、後ろにいた仲間にぶち当たる。

「いただきっ。飛燕連脚っ！」

いったん深く身を沈めたファラが、天井近くまで跳ぶ。リッドの剣を受けたゴーレムを蹴り上げ、そのまま後ろのモンスターたちに続けて攻撃を加えた。

ドオォォォォォ――ンッ！　三体のモンスターがバラバラに砕け散った。

そのとき、メルディがなにか叫んだ。

「え!?　うわっと！」

リッドの顔すれすれを、ゴーレムの腕が唸りをあげて掠《かす》めた。

「あぶねぇ。ありがとよメルディっ」

リッドは柄を握り直すと、ゴーレムに向き直り、睨みつける。

「オレもまとめてやってやるぜ」

剣を構え、リッドはじりっとモンスターに近づく。

「雷神剣！」

激しく突いた切っ先で、雷撃がスパークした。雷撃は一瞬にして隣りのゴーレムにも伝わり、リッドがもう一撃加えると、二体とも激しい爆発を起こした。

「やったね！　やっぱりリッド、剣だけはすごいよねえ」

ファラが感に堪えないようにいう。

「だけ、はよけいなんだよ。おまえこそ、だてにレグルス道場に通ってたわけじゃなさそうだな」

リッドは、笑いながら松明を拾おうとしたとき、ふと視線を感じた。

「ん？」

「ぼ、ぼくだって、ぼくだって、なにもできないわけじゃないっ」

キールが岩肌に背中をぺったりとつけてへたり込んでいた。

「べつに、キールはなんにもできねぇなんていってねーよ」

「今度、モンスターが出てきたら、てっ、手出しは無用だ」

「……ほいほい。先行くぞー」

リッドとファラのあとへ続こうとしたキールに、そこに残っていたメルディが手を差しのべた。

「よけいなお世話だよっ」

メルディはちょっと悲しそうな表情になったが、予想どおりだったのかもしれない。それ以上はキールにかまわず、さっさとファラを追いかけていった。


「どこまで続くんだろ、この洞窟」

ファラがため息をついた。

真っ暗なので感覚がよくわからないが、たっぷり半日以上は歩き続けているはずだ。節約のために、松明を一本にして進んでいるのでほとんどなにも見えない。みんなの心も沈みがちだった。

と、急に空気の流れが変わった気がした。

「やけにひんやりしてきたな」

リッドが持っていた松明で用心深くあたりを照らしてみると、右側の枝道の奥がちょっとした部屋のようになっているのが見えた。一〇人くらいならゆったりくつろげそうな広さだった。

「ここから風が入って来てたのか……」

「新鮮な空気だね。ちょっと休んでいかない？」

ファラは松明を受け取ると、ずんずんと枝道へ入る。が、すぐにリッドを呼んだ。

「ちょっと来て！　ここって……焚《た》き火のあとがあるよ⁉」

「本当だ。まだ新しい……」

走ってきたリッドといっしょにあたりを調べてみると、奥で倒れている男を発見した。男はすでに事切れている。首のチョーカーは壊れていたが、緑色だった。

「ひょっとして……入口で会った商人の、相棒……？」

ファラが急いであちこち照らしてみると、無惨に割れて潰《つぶ》れた卵がいくつも見つかった。

「やっぱり、ここ、エッグベアの巣なんだよ。闘ったあともある」

冷たい風がすーっと通った。とたんにものすごい唸り声が響いた。

グルルルルルル……！

いてきた。

「うわあっ！」

キールとメルディが駆け込んできた。

「また、で、出たぞっ。モンスターだ。リッドもファラもさがっていてくれっ」

リッドとファラが思わず顔を見合わせていると、堅い爪が岩を引っ掻《か》く嫌な音が近づいてきた。

ファラはすばやく燃え残った薪に松明の火を移す。

グルル……紫色のベアが明りの中に浮かび上がる。その目が憎悪のためにギラギラ燃えているのは、キールにもはっきりと見てとれた。

「ぼくたちは卵泥棒じゃないぞ。こ、来いっ！」

震える指で腰の杖を取る。

「キール、危ないからやめろよ！　おまえ、運動音痴のくせに……」

エッグベアがキールに向かってきた。

グゥオオオォゥウウゥッ！　銀色に光る爪を振り上げる。

「きゃ」

ファラが思わず目を覆ったときだった。

「ウィンドカッター！」

キールが杖を振ると、それはちょうど彼の両腕の長さほどに伸びた。

続いてベアのまわりにつむじ風が起きた。風は鋭い刃となり、ベアの片腕を斬って落とした。

（……キールのやつ⁉）

リッドは驚いて加勢も忘れ、その場に立ち尽くしていたが、片腕を失ったモンスターがふたたび狂暴な唸り声を上げたので、ハッと我に返った。

いやな匂いの体液を撒《ま》き散らしながら迫ってくるベアに、鞘を払いざま斜めに斬りつける。

ギャアアアアァァァ――ッ！

腹から胸をざっくりと斬られたベアは、だが、まだあきらめなかった。今度はファラに向って突進した。

「バイバ‼」

「クィッキー！」

メルディが叫ぶのと同時に、クィッキーが宙を舞う。するとベアの足もとの岩盤から、鋭い岩の槍が突き出し、モンスターはそれ以上進めなくなった。続いて飛び出した槍が、下からベアの動きを封じる。

リッドは隙を逃さず、ベアの心臓をひと突きにした。

深ぶかと剣が沈む感触と同時に、エッグベアの咆哮《ほうこう》が洞窟を揺るがすほどに響き渡った。それはどこか悲しげな余韻を残しながら、やがて岩壁に吸い込まれて消えてしまう。

倒れたベアを囲んで、しばらくは誰も口をきかなかった。

「行こうか……」

ようやくファラが洞窟の本道に戻りかけた。

「ああ。キール、やるじゃねえか」

リッドが笑う。

強い緊張と疲労のせいで肩が大きく上下していたが、キールは努めて平静に、「あれくらい、当然だ」と、言い捨てる。それからメルディに視線を移すと、

「しかし、こいつは何者なんだ？　こいつの使った術、もしかして……」

と、つぶやいた。

「それもきっと、なんとか博士のところに行きゃわかるさ。なあ、ファラ」

「そうだね」

本当はリッドもファラも、メルディが意外な力を持っていたことにひどく驚いていたのだが、言葉が通じないいま、それを話題にしても意味がないとわかっていた。

(かわいい女の子だと思ってたのに……なんだか、世界の崩壊が急に現実味を帯びたみたいで、ちょっと怖いな)

ファラは密かにそう思い、メルディをそっと見た。

彼女はなにもなかったような顔で、食料用にとベアの肉を切り分けているリッドの横でクィッキーといっしょに焚き火を踏み消していた。

一行がようやく『望郷の洞窟』を抜けたとき、すでに空は白みはじめていた。

モルルの村はそう遠くないとキールが主張したので、仮眠をとっただけで、すぐに出発することになった。

「重そうだな」

ベアの肉を担いでいるリッドに、キールが皮肉っぽく話しかけた。

「干し肉にしたら軽くなるぜ。うまい非常食なんだ」

「同意しかねるな。エッグベアの肉は時間経過とともに変質し、なおかつ栄養素も失われると、レオノア百科全書の第三巻二一章に詳しく書いてある」

「なんだと!?　オレはベアが獲れるといつも食ってんだ。間違いねぇ！　うまいし力だって出る」

リッドはぎろりと幼なじみを睨みつけた。

「まあいいさ。おまえが腹減ってへ～ろへろになって、泣いて頼んでもぜ――――って食わしてやんねえからなっつっつっ」

「誰が泣くかっ。もちろん遠慮しておくよ」

ファラはふたりのやりとりを聞きながら、男の子ってどうしてこうなんだろうと思い、笑ってしまう。

「村だ」

キールが前方を指さした。ファラが目を丸くする。

「あれがモルルなの？」


モルルの村は水上にあった。澄んだ水に生い茂った巨木の枝の上に、いくつもの家が建てられている。太いロープで丸ごと吊り下げられた商店も見られ、まるで大きな木の実のようだ。

「ラシュアンとはえらい違いだな」

リッドが唸る。

複雑に交差する枝のあちこちには迷わないように標識が立てられ、近道のはしごがかかっていた。

「あった。ドクター・マゼット……。こっちだ」

おっかなびっくりはしごを登ったキールは、マゼット博士の家を示す標識を見つけ、歩き出そうとした。その拍子に下を覗き込んでしまい、よろけた。

「大丈夫？　キール」

ファラがあわてて腕をとってやる。

「下は水だからね。落ちたら冷たいよ」

「っていうか、誰かさん、泳げないんじゃなかったっけ」

「リッドったら、やめなよ」

「……」

キールはリッドを無視したまま歩き、ほどなくドングリのような形をした一軒の家を探し当てた。

「マゼット博士！　いらっしゃいますか」

中からドアを開けたのは、白髪頭にメガネといういかにも学者然とした老人だった。

「キール!?　キールではないですか！」

「博士。お願いがあって参りました」

「まあお入りなさい、みなさん」

マゼットは急にくしゃくしゃっとした笑顔になると、一行を中に招き入れた。

「で、今度はなんの発見です？」

円形のリビングの床にみんなを座らせ、お茶をいれてくると、マゼットは訊ねた。

メルディはファラの袖をそっと引っ張った。

「うん？　そうだね、この博士はメルニクス語の権威なんだもんね」

ファラが頷き返してやると、メルディはうれしそうにしゃべり始める。

「アンルリ．トゥヤ　メトゥン　ウス　メルディ（こんにちは。私の名前はメルディです）」

「ほう」

博士の目がメガネの奥で細くなった。

「くわしく話してください、キール」

「はい」

キールがこれまでのことをかいつまんで説明する。彼がメルディに会う以前のことは、ファラが補足した。

「なるほど……セレスティア人ですか」

「自称、です」

キールは冷たさののぞく口調で言い放った。

「こいつの言葉をそのまま信じるわけにもいかないので、とにかくなんとかうまく会話ができないものかと……」

「ふむ」

博士は、ちょっと待っていてくださいというと、席をはずした。

「クィック、クィック♪」

クィッキーが円形の部屋の中央で跳ね回る。

「あら、ご機嫌ね」

「クキュクィッキー」

笑うファラの胸にクィッキーが飛び込んだとき、マゼットが戻ってきた。

「みなさん。これをさし上げましょう。おひとつずつどうぞ」

「うわあ、きれい！　キラキラしてる。なんですか、これ」

博士のさし出した小箱の中身を見て、ファラが歓声をあげる。

「クキュ」

ファラが屈み込んだので苦しかったのか、クィッキーはすとっと床に降りた。

「オージェのピアスです」

「おお、これが！」

キールは興奮して、箱の中からピアスをひとつ、つまみあげた。

透明な石のついた、縦長のデザインだ。

「これがどうかしたのか」

リッドが興味なさそうに訊ねると、キールはかっと目を見開いた。

「これだから素人は困る。高位の晶霊術士なら、みんな身につけているものさ。この飾りを耳につけることによって。晶霊と心を通わせることができるんだ！」

「晶霊と……はあ？　それがメルディとどう結びつくっていうんだよ」

「え、それは……そうか！」

キールは顔を輝かせる。

「晶霊たちの言語もメルニクス語でしたね、博士」

「ええ。ですから応用が利くかと思いまして。まずは耳につけてみてください、みなさん。そして、このメルディの言葉を真剣に聞いてみてください。うまくいけば、メルディもオージェのピアスをつけることによって、ピアスをつけていないインフェリア人とも意志の疎通がとれるようになるはずなのですが……」

「やってみます」

最初にピアスを耳に持っていったのはファラだった。ちょっと迷ってから左の耳たぶにそっと押しつけてみる。

「こんな感じかな……あれ」

驚いたことに、それだけでピアスは耳にぴったりとついて取れなくなった。

「すごい、すごいよ、これ！　メルディにもつけてあげる。リッドもやってみてよ」

「けど、オレたち晶霊術士じゃないんだぜ？」

リッドはぶつぶついいながらも、キールと一緒にピアスを装着した。

「これで準備バッチリだね。メルディ、わたしの言葉、わかる？　わかったら返事してみて！」

ファラにピアスをつけてもらったメルディが、ピアスを指さしてなにか話し始めた。

「プルンアスン！　ウ ムンンド ヤイオディ エススウスティエムワン！（お願いです！協力して下さい！）」

「……………わかったか、いまの」

リッドの問いに、ファラとキールは首を振った。

「ねえ、メルディ？」

「バン アエヌン ティイ セヌン ティアン バイディルド！（世界を救いましょう！）」

「わっかんねぇ！　やっぱりなんにも変わりゃしねーよ」

「まあまあ、焦らずに」

博士がリッドをなだめるようにいった。

「大切なのは、お互いの心の波長です。ぴったり合わなければオージェのピアスは機能しないのですよ」

「心の、波長」

ファラはつぶやいた。

（それは、言葉の通じる者同士も同じだよね……）

そのとき、急にメルディがそわそわしだした。部屋のあちこちを覗いてみて、ファラたちに訴えるようにしゃべり続けた。

「ルイスティク クィッキー！」

「おい、ちゃんと座らないか！ 失礼じゃないか。まったくワケのわからんやつだ！」

眉を寄せているキールに、博士は穏やかにいった。

「キール。彼女も同じ人間です。自分と違うと思ったら、なにも始まらないでしょう」

「…………はあ」

「あっ、メルディ！ どこに行くの？」

「いったいどうしたんだ」

「さあ、さっぱりわからないよ。でも、ほっとけない。行こう、リッド」

「しゃーねえなあ」

メルディが家から出て行ってしまったのを、ファラとリッドはあわてて追いかけた。

「キール。きみは行かないのですか？ 私のいったこと、わかりますね」

「……はあ」

キールはしぶしぶという感じで立ち上がると、ふたりのあとに続いた。

「ずいぶん奥まで来たな……」

　リッドは太い樹の幹や枝葉に切り取られた空を仰ぎながら、ため息をついた。

　もうかなりの時間、探し続けている。途中で出会った村人に訊ねたり、商店や民家にも入ってみたのだが、メルディの姿はどこにもなかった。

　三人は水の近くまで降りてきた。

「どうしよう。わたしを頼ってくれてたのに、わたしったら……」

　ファラが声を震わせる。

「メルディになにかあったら……わたし……」

「バカなこというんじゃねぇよ」

　リッドにぽんと肩を叩かれたファラは、水に隔てられたむこう岸に、なにげなく目をやって叫んだ。

「ああっ!?　見て、あれ……?」

「モンスターか！」

　リッドが剣の柄に手をかける。岸辺の草むらの中に大人の背丈ほどの、植物のようなモンスターが蠢《うごめ》いていた。

「よく見て！　メルディがいる！　クィッキー……!?」

　メルディはモンスターの前に立ち、両手を広げて立ちはだかっていた。彼女の背後ではクィッキーが震えていた。

「クキュルルルキュ」

「あいつ……クィッキーを探してたのかよ。しっかし、あれでかばってるつもりか!? やられるぞ!」

「メルディ、いま助けるから!」

リッドとファラは濡れるのもかまわず、水の中へ飛び込んだ。幸いなことに腰のあたりまでしか深さがない。ふたりはばしゃばしゃとしぶきをあげ、むこう岸を目指した。

ひとり残されたキールは、どこか濡れずに渡れるところはないかと目で探した。少し離れてはいたが、太い根が水の上を橋のように走っているのを発見し、遠回りする。

「インセクトプラントめっ。ぼくがやっつけてやる!」

「ウ　バウルル　ブン　ヤイオディ　イプピムンムティ!(私が相手です!)」

モンスターに向って叫んでいたメルディは、「りっどぉ!　ふぁらぁっ!」と、ふたりに気づくと一瞬泣きそうに表情を歪ませた。

「もう大丈夫だぞ」

リッドが濡れた剣を払うと、水滴が輝きながら飛び散った。

「虎牙破斬っ!」

インセクトプラントの木の葉そっくりな腕が宙を飛んで落ちる。

モンスターはくぐもった声をあげながら、ファラに挑みかかってきた。

「おいでおいで。えいっ、三散華っ！」

ブーツはモンスターの顔の部分から胸にかけてを強く蹴り上げる。

リッドが後ろに回りこんだ。

「とどめだあっ！　散沙雨っ!!」

激しく突かれたインセクトプラントは、どくどくと体液を流しながら倒れた。

「やったぜ」

リッドがにっと笑ったときだった。突然、モンスターがゴウッと音をたてて燃え上がった。

「うわっち、な、なんだっ!?」

「ふふふ。ぼくのファイアーボールさ」

ようやく一行のところに追いついたキールだった。

「ぼくのおかげで、しっかり息の根が止まったようだ」

しとめたのはオレなんだけどな、と思いながらリッドは剣を鞘におさめた。

「なんにしてもよかったよ」

「メルディ！」

ファラが駆け寄り、メルディの華奢《きゃしゃ》な体を抱きしめる。

「もう大丈夫だよ。ごめん……ごめんね。わたしったら、クィッキーがいなくなったことに気づいてあげられなくて……」

「謝ることはない」

キールがやって来て、ファラを押しのけた。

「おまえ、わかってんのか!?」

いきなり襟もとをつかまれたメルディの瞳に、恐怖が走る。

「モンスターってのはおもちゃじゃない。凶暴なんだ！　おまえの勝手なふるまいのせいで、ぼくたちにまで危険が及んだんだぞ」

「……ごめんな」

メルディがうつむいた。

「ふん。ごめんですんだら世の中平和ってな。とにかく今後は気をつけ……!?」

いい終わらぬうちに、キールはびくっとしてメルディから手を放した。

リッドもファラもメルディをじっと見つめたまま、絶句していた。

「はいな！　ほんと、ごめんな。クィッキー、メルディ、助けられた。ありがとな」

「しゃ、しゃべった」

「ワイーール！　シャベッテるよぅ！　メルディだよ！」

メルディは自分をまじまじと見つめているリッドの耳たぶに触れた。

「うつくしー！　ピアス、メルディ、おそろいね」

うれしくてたまらないという風に、彼女はリッドに飛びついた。

虹色の光がこぼれる。

「メルディ」

ファラがゆっくりとメルディの名を呼んだ。メルディはすぐに振り向いた。

「はいな！」

「ほんとに通じてる！　よかったね。これからはいっぱいお話をしようね！」

「ファラっ。するよ、話。いっぱいいっぱいっぱい！」

ふたりは手をとり合い、にっこり笑う。

咳払いが聞こえた。キールだった。

「さあ、マゼット博士の家に戻ろう。が、その前にメルディには聞きたいことがある」

メルディはこくんと頷いた。

「まず、教えてくれ。おまえは本当にセレスティア人なのか？」

「そだよぅ」

「それならなにか証拠を見せてみろ」

「バアエティ？（何？）　ショーコってなぁに？」

「はっ、そんな簡単な言葉もわからんのか。証拠っていうのはな……まあいい。次の質問だ。この世界に危険なことが起ころうとしているのは本当か？」

「はいな、それは――」

「セレスティアの技術水準はっ？　それとおまえの額の石っ！　セレスティア人にはみんな石がついてるのか？　どうなんだよっ!!　さっさと答えろっ」

　キールは一気に興奮して、メルディの肩をつかむとがくがくと揺さぶり続けた。さすがに今度はメルディも怒りの表情になり、「キール、らんぼぉー！」と、思いっきりキールを突き飛ばす。

「あーっ」

　キールは簡単に吹っ飛び、そのまま水の中へ落ちた。

「な、なにするんだ！　せっかく濡れないように細心の注意を払っていたというのに、どっちが乱暴だよっ……お、溺れるぅ」

「まあまあ。落ち着いていこうよ」

　ファラは、浅瀬でばちゃばちゃともがいているキールに手を貸してやりながら、ごく普通の口調で訊ねた。

「ねえ、メルディ。あなたがインフェリアに来た理由を教えてくれる？」

「はいな！　え、っと、えっとな。メルディ、グランドフォール、止めたいよ。てつだってほしー」

「なんだそれは」

びしょびしょのキールがメルディを指さして喚いた。

「そんなの、レオノア百科全書にも載ってない言葉だぞ！」

「グランドフォール……セレスティアとインフェリアがキューッてくっついて……」

メルディは拳をふたつくっつけると、いきなり腕ごと開いた。

「どかーん！」

「衝突!? マジかよ。オレたち、ぺっちゃんこになっちまうのか」

リッドは頭を抱えた。

「ティアエティ　ウス　ディウガティ！（もちろん！）　はいな。このままだとショートツ。ショートツが危険なの」

「なぜ均衡が崩れる？」

キールは眉をひそめた。

「グロビュール歪曲は晶霊圧が強制的に高められたことによる副作用に過ぎないということか？　いや……それとも逆かな……カロリック流動による局地的な晶霊場の応力がオルバース界面にドカタータ作用をもたらすと……」

ファラはぶつぶつつぶやいているキールにちょっと肩をすくめ、メルディに訊ねた。

「あなたがインフェリアに来たのは、グランドフォールを防ぐ方法をさがすため？　それとも、もう知ってるってこと？」

「はいな！　インフェリアが大晶霊、集める。そーすれば、ぶつかるが、止まるよ」

「ふははは」

　気の抜けた笑い声を上げたのはキールだった。

「大晶霊と契約するってことか？　それは……大晶霊ならそのグランドフォールとやらを止めることはできるかもしれない。だが、バカも休み休みいえ。晶霊と人間は住む世界が違う。ましてや大晶霊だぞ？　一生会えない確率のほうが高いのに、契約なんて不可能だよ！」

「アイバンヌンディ，バン　アエヌン　ティアウス．（けれど、これがあります）　ご安心！　セレスティアンクレーメルケイジ！」

　メルディはファラに借りて着ているワンピースの下から、大切に持っていたらしいクレーメルケイジを取り出した。

　それはキールのものとは少し形状が異なり、細く洗練された印象を与えるものだった。

「へえ、インフェリアのは中に入ってる石が赤いけど、セレスティアのは緑色なんだね」

「そう。ここ、大晶霊入れててな」

　ファラに頷いたメルディの言葉に、キールは急き込んで言った。

「えっ……セレスティア製のクレーメルケイジは大晶霊を捕獲できるのか⁉」

「ううん。クレーメルケイジはインフェリアと同じはたらき。これがちがうよ。まってて」

メルディはふたたびなにかを取り出すと、キールたちに示した。

「パラソルいうよ。これあれば、大晶霊、クレーメルケイジ入れられる。どうぞ、見て」

メルディに差し出されるままに、キールは恐るおそる手にとってみた。クレーメルケイジの二倍強ほどの長さを持つそれは、つややかなピンク色をしていた。

「ただの筒みてぇ」

リッドが正直な感想を漏らすと、

「大晶霊いれるとき、光、出て大活躍！」

とメルディは説明した。

「じゃあこれ……このパラソルを使えば、ぼくのクレーメルケイジにも」

「はいな！　大晶霊を入るよぅ」

「すごい……」

キールは頬をうっすら紅潮させ、うっとりとつぶやいた。

「よく、わかんないけど。つまり、これを使えばわたしたちが世界を……エターニアを救えるってこと？　そしたら英雄じゃやない！」

「はいな！」

「ううーん、イケるイケるぅ！」

「はいなーっ」

ファラとメルディは手をとり合い、きゃっきゃと笑う。

（あーあ。こいつらすっかりその気になりやがって）

リッドは苦笑し、醒《さ》めた目で水面に視線を移した。木洩《こも》れ陽がキラキラと輝いている。

この美しい世界の崩壊を想像してみようとしたが、うまくいかなかった。


「とにかく、大晶霊に会ってみることだと思いますよ。そうすればメルディの訴える世界の危機や、このパラソルという道具の機能についてもはっきりすると思います」

マゼット博士は、四人の意志の疎通ができるようになったことを喜んでくれた。そして、手にしていたパラソルをメルディに返しながら、「あなたのいうことが本当なら、大晶霊はきっと姿を現わすでしょう」と微笑んだ。

「でも、どこに行けば会えるのかなあ」

ファラが首を傾げる。すると博士はインフェリアの地図を広げて、

「心当たりならひとつだけ……ここです。水晶霊の河と呼ばれる場所があるのですが、行ってみるといいですよ」

シャンバール
Chambard
火晶霊の谷
インフェリア港
王都インフェリア
Inferia City
水晶霊の河
いざないの密林

バロール
Barole
風晶霊の空洞
Racheans
ラシュアン
Mt.Farlos
霊峰ファロース
レグルス道場
ラシュアンの大河
Regulus Dojo
Mintche
ミンツ
望郷の洞窟
ミンツの岩山
モルル

と、モルルの北東に位置する河を指さした。

「うっへー。こんな遠くまで行くつもりは、なかったんだけどなあ」

「しょうがないでしょ。いまさらなにいってんのよ」

ファラがリッドを肘で突つくと、メルディはすまなそうにうなだれる。

「ごめんな。メルディが責任……。ヒアデス、暴れたから、ファラたち、村に追い出されたよ」

「ヒアデス？　村長の家をぶっ壊したあいつか」

「やっぱり追われてたんだね、メルディは」

(でも、どうして？)

ファラはリッドの顔をそっと見る。彼が自分と同じ疑問を抱いているのがわかった。世界を崩壊から救おうとしているのに、なぜ彼女は追われるのだろう……？

「さ、行くぞ」

キールが立ち上がる。ファラもあわててあとに続いた。

「キール。いまきみの胸にあるすべての気持ちを大切にしなさい。そして不可知なるものを学ぶのです。それが本当の学問というものですからね」

博士は若き晶霊学士に、地図を持って行くようにすすめてくれた。

水晶霊の河へ近づくにつれ、あたりの空気がひんやりとしてきた。

「そろそろこのへんだが――」

マゼット博士にもらった地図を確認しながら、キールがあたりを見回す。

「湧《わ》き水が多いな」

道の両側のいたるところに水が湧き、ちいさな泉を作っていた。

クィッキーがそっと近づき舌を湿す。よほど冷たいのだろう、すぐにぶるっと青い毛並みを震わせた。

「もっと奥へ行ってみようぜ」

リッドは先に立って激しい水音の聞こえるほうへと進んだ。清冽《せいれつ》な水を湛《たた》えた河が流れている。流れには、岩肌の斜面からの湧き水が滝となって落ちており、水しぶきが霧のようにあたりを霞《かす》ませていた。

「なんだかむせそう……。河の、水の匂いにむせるなんて初めて」

ファラが胸を押さえたとき、クィッキーが「クィキッ!?」と短く鳴いた。

みんながハッと身を固くしたとき、声が聞こえた。

「よくぞここまで辿《たど》りつきましたね……」

「え？」

キールが思わず一歩あとずさる。流れの上に、青く透き通る影が現われたからだった。

それはほっそりと美しく、女性のように見えた。

「だ、大晶霊ウンディーネ、ですか!?」

「人間を見るのは、ひさしぶりです」

ウンディーネは微笑んだ。身長よりも長い髪は水の流れのようにあたりにたゆたい、
魚の鰓《えら》を思わせる耳がのぞいている。

「はああ、本物だぁ」

ファラはぽかっと口をあけ、美しい大晶霊を見上げた。

ようやく気を取り直したキールが岸に進み出る。

「大晶霊ウンディーネ。清澄なる流れを司《つかさど》りし者よ。この土地に足を踏み入れたことを、
どうか許していただきたい――教えて欲しいのです、この世界にグランドフォールが訪
れているのは事実なのか否か」

ウンディーネは、ごく薄い茶色の瞳で一行を見つめた。

「大晶霊たるこのわたくしが、なんの意味もなく人間と言葉を交わすなど、よもや思っ
てはいないでしょうね」

「では、やはり……」

「あなたがたの望みをうかがいましょう」

ワイール、とメルディが叫び、クレーメルケイジを掲げた。

「ここ、入ってほしーよ」

「失礼なお願いであることはわかっている。だがほかに方法がない！」

「世界を救うには、あなたたち大晶霊の力が必要なんです。ですからどうか……お願いします！」

キールとファラの必死の頼みに、ウンディーネは優しく微笑むと、

「いいでしょう。ですが、まずあなたがたの力を見せていただかなくてはなりません」

と、手に持っている槍を構えた。整った顔から、微笑みが跡形もなく消える。

「そういうことなら遠慮はしないぜっ」

いままで黙っていたリッドが剣を抜いた。

「ちょ、ちょっと待ってよ。大晶霊をやっつけちゃうなんて」

ファラがひるむのに、キールが厳しい表情で答えた。

「いいんだ、ファラ！　ウンディーネがぼくたちの力を見たがっているのが、わからないのか!?」

その言葉が終わらないうちに、ウンディーネは三つ又になった槍の刃先を繰り出してきた。

ビュウッ！

「おわっ、と！」

あやうくリッドが飛びすさる。たったいままで立っていた、岸辺の岩が粉ごなに砕け散った。

「くそう。行くぞ、ウンディーネ！」

リッドは水辺ぎりぎりまで進むと、上方に浮かんでいる大晶霊に挑みかかる。

「虎牙破斬っ！」

が、振り上げた剣を降ろそうとしたとき、ウンディーネの槍に弾《はじ》かれてしまった。剣はリッドの手を離れ、弧《こ》を描いて飛んだ。

「危ないっ」

キールが杖をとった。

「ウィンドカッターっ」

つむじ風が大晶霊を包み、鋭い刃となって斬りかかる。

「ううっ！」

ウンディーネは胸もとを押さえて苦しがった。

「やるじゃん」

剣を拾いに走っていたリッドは、にっと笑った。

「三散華！」

ファラが隙をついて跳ぶ。が、大晶霊は振り向きざまに槍を持ち直し、反撃してきた。

「きゃあっ、ファラが危険！」

リッドはすでに剣を構えていたが、距離がありすぎた。

「くそっ、間に合わねぇ」

メルディが意識を集中させ、叫ぶ。

「ライトニングぅ！」

宙空にジグザグの光が走ったと思うと、大晶霊めがけて稲妻が襲いかかった。雷のために青い輪郭がぶれ、彼女の体は一瞬緑色に染まる。

「きゃあああああっ!!」

ウンディーネはふらふらと河辺までよろけたとき、リッドの目が光った。

「もらったっ！　散沙雨！」

突き出した剣が、大晶霊の隙だらけの体を深く貫いた。

彼女はそのままぐったりと岩の上に崩れ折れ、動かなくなった。

「やったあ」

「……まさか、死んじゃったの？」

ファラが思わず駆け寄ろうとするのを、キールが止めた。

「待つんだ」

「でも！」

「いいからっ」

キールたちはその場に立ち尽くし、じっとウンディーネを見守った。

やがてゆっくりと体を起こした彼女からは、ふたたび柔らかな微笑みがこぼれていた。

むろん体に傷などはなく、そのままふわりと浮かび上がる。

「あなたがたのお気持ちはよくわかりました。力になりましょう」

ウンディーネはリッドたちひとりひとりを見て、いった。

「しかし、わたくしはインフェリアの根元晶霊のひとつにすぎないのです。あなたがたの目的達成のためには、すべての大晶霊の力が必要でしょう」

「すべての、大晶霊……すべての」

キールが繰り返す。

「じゃあ、ほかのはどこにいるんだよ」

ウンディーネは、だがリッドの問いには答えず、ゆっくりと瞳を閉じた。

「わたくしは……クレーメルケイジの中に身を納めることにいたしましょう」

「ちょっ、ちょっと待ってて」

ファラがあわてて止めたとき、「…[illegible]」となにかつぶやいたメルディの手の中でパラソルが光を放った。光は傘のように丸く広がり、大晶霊を捕えた。

「ウンディーネがクレーメルケイジ、入ったよ」

緑色の晶霊石を目の高さに持ってきながら、メルディがうれしそうにいう。

三人が順番にクレーメルケイジを覗《のぞ》くと、石の中に小さなウンディーネが宿っているのが確かに見てとれた。しばらくの沈黙のあと、リッドが口を開いた。

「キール、大晶霊って全部で何種類いるんだ？　ウンディーネは全部必要だっていってたけど」

「一般的には四種類といわれている」

キールは、水、火、風の根元晶霊と、それらを統括する光の晶霊がいるのだと説明した。

「ほかの大晶霊がどこにいるのか、ウンディーネは教えてくれなかったね」

ファラががっかりすると、キールは首を振った。

「めったに姿を現わさない大晶霊が、人間に協力する気になってくれただけでもすごいことなんだぞ。しかし一方で、グランドフォールは、事実と考えて間違いないということになった……どうすればいいんだ」

頭を抱える幼なじみに、リッドはふっと笑いを漏らした。

「どうもこうも。こんなこと自体、オレたちの能力越えてるぜ。あとは、そうだなぁ、王様にでも話してみるしかないんじゃねーか？」

「えっ。それって王都インフェリアへ行くってこと!?」

ファラが目を丸くした。

「それはいいかもしれない」

キールが顔を上げた。その表情が真剣なのを見て、リッドはあわてた。

「いや、本気で言ったわけじゃねえよ。オレはただ……」

「すぐに行こう。行って王に会おう！」

「だからそれは……」

冗談のつもりだったんだけどな、とリッドは顔を曇らせた。

第四章

いますぐ、都へ行って王に会おうといい出したキールに、ファラはとまどいながら、

「そりゃ、王都インフェリアには行ってみたい。王様にも会いたいよ。でも、そんな大それたこと……」

と、そっと自分のチョーカーに触れた。

チョーカーの種類によって、その人間の身分や職業がひと目でわかるようになっているインフェリアにおいて、平民は毎日、自分が平民であることを自覚しながら生活している。王は深く尊敬されており、それだけに雲の上の存在にほかならなかった。

「わたしたちだけで、ウンディーネと契約できたじゃない？」

「たしかに。たまたまうまくいったんだけどな」

リッドがいうと、キールは頷いた。

「これは国の一大事だ。インフェリア国民としては、いちおう王に報告する義務がある。だいたい王の許可も取らずに、これ以上あちこちで大晶霊探しなんかしてみろ？　どん

な誤解をされるかわからない」

「……そっか。それもそうだね」

ファラが納得すると、メルディは不安げに彼女を上目遣いで見、「大晶霊、大丈夫か?」と訊ねた。

心配ねーよ、とリッドが笑ってみせる。

「王様がグランドフォールのことを知ったら、軍隊を総動員して、大晶霊全部をあっという間に見つけてくれるさ。おまえだって、早くカタがついたほうがいいだろ?」

メルディはこくんと頷いた。


マゼット博士がキールに持たせてくれた地図によると、王都インフェリアへは『いざないの密林』と呼ばれる森を抜けて、東へ行くしかないようだった。

「気味の悪いところだなあ」

薄暗い森の入口でリッドが顔をしかめた。

「みんなで、おしゃべりでもしていけば気にならないよ、きっと」

ファラは強がってみせたが、不気味なことには変わりない。

うっそうと生い茂った樹々が太陽の光を遮り、黒いシルエットは幽霊のように見える。

湿気の多い地面近くに咲く花はみな巨大だ。花弁はぶよぶよした厚みを持ち、肉色を呈している。おまけに、樹々の枝から低く垂れ下がった草の蔓が、ときおり風もないのに揺れるのだった。

道なき道を進むにつれ、キールがすっかり黙りこくってしまっているのを見て、メルディはことさら明るい口調でいう。

「メルディが歌、楽しい気分よ～♪　エス　ティアン　ディウヌンディ　フルイバス，バアンディン　ドゥインス．ウティ　グイ？」

「クィッククィック」

クィッキーが合いの手を入れるように鳴いたので、メルディはさらに歌い続けた。自然に手足も動きだす。

「エス　ティアン　ディウヌンディ　フルイバス～♪」

「やめろっ！」

キールが怒鳴った。

「なっ、なんなんだよ、その奇妙な歌と踊りはっ」

「キミョー？　しつれいね、セレスティアの有名な歌、『河は流れてどこへ行く？』だよ」

メルディはぷうっと頬を膨らませた。

「それにメルディがダンスはとてもうまい」

「そのおかしな言葉も、なんとかしてくれっ」

「まあまあ、いいじゃねーか言葉くらい……」

見かねたリッドが間に入ろうとしたとき、キールが草の根に足をとられて転んだ。

「キール！　大丈夫か？　痛いか？」

「うるさい！　おまえの歌のせいでめまいがしたんだ」

キールは転んだままの姿勢でメルディを見上げて喚いた。

「いい加減にしなさいよ」

ファラの声に、キールはびくっとする。

「疲れてお腹がすいてるからって、イライラするのはよくないよ。リッド、この辺でごはんにしよっか」

「おう。じゃオレ、火を起こすわ」

「お願いね」

ファラはにこっとし、倒れているもうひとりの幼なじみに視線を戻す。

キールはうっすらと頬を染め、ぷいと顔をそむけた。


「ねえ、メルディ。大晶霊を全部集めたら、それからどうするの？」

ひとかけらの干し肉——リッドが作ったエッグベアのもの——をクィッキーと順番にかじっていたメルディは、

「セレスティア戻る、もちろんのこと」

と、ファラの問いに当然のように答える。

「そっか……でもどうやって？」

「……うーん。それはわからない」

パチパチと爆《は》ぜる火に薪を足しながら、リッドがため息をついた。

「お気楽だな。大晶霊集めより、そっちのほうが大問題だったりして」

干し肉を固辞し、ファラの作った乾燥野菜入りのスープをすすっていたキールが、ふっと顔を上げた。

「そういえばおまえ、いったいどうやってインフェリアに来たんだ？　両世界の交流が途絶えて、すでに二千年だぞ」

「クレーメルクラフト、乗ってきた」

「なんだそりゃ」

「空、浮かぶことできる乗り物」

「はっ。バカいえ。そんな技術、不可能だ」

キールが軽蔑《けいべつ》をあらわにしていうと、リッドが馬鹿にした。

「決めつけんなよ。おまえが聞いたことねぇだけだろ。オレもファラも、この目で見たぜ。な？」

「うん。おっこちてきたんだよね」

「…………！」

キールはあんぐりと口を開けた。

「……ラ、ラシュアンに行こう。自分の目で見なくちゃ信じられん……」

「むーり」

メルディが首を振り、ため息をついた。

「なぜなら？　クレーメルクラフト、どかーんってばらばら、なったよ」

「え……うそだろ。じゃあ革命的な新技術は……作動させて周囲の晶霊密度を計測すれば、原理が推測できたはずなのに……」

ぼう然とするキールのカップから、スープがこぼれた。

「まあ、セレスティアに帰ることはあとで心配しようよ。それよりいまはモンスターが心配。夜は順番で見張りに立ったほうがいいね」

ファラがきびきびと食事の後片付けをしている間に、リッドは夜に備えて薪を補充した。

王都インフェリアに到着したのは、三日後の朝のことだった。

森で迷ったりモンスターに出喰わしたりしながらキャンプを続けたので、四人はくたくたに疲れていたが、都に入るなり目が覚めた。

「うっわー、でっけえぇっ！　これが都かあ」

「ミンツもすごいと思ったけどさあ、上には上があるよねえ」

「ワイール！　ワイール！」

感激のあまり大声をあげるリッドたちを見て、道行く人々がくすくすと笑う。

「お、おい。みっともないから静かにしてくれ。田舎者だと思われるじゃないか」

キールは怖い顔をして唇にひとさし指を当てた。それからメルディに向き直り、

「それと、おまえ。ここはインフェリア王国の首都なんだ。おかしなまねはすべて禁止だぞ。セレスティア人だとわかったら、どんな目に遭うかわからないからな。セレスティア人は、歴史的に数々の災厄《さいやく》をもたらしてきた憎っくき存在なんだ」

と、釘を刺した。

「バイバ！　さいやく、セレスティア人が責任じゃない」

メルディが抗議したとき、道を横切ろうとやってきたひとりの男が、突然ぎょっとしたように足を止めた。

「おい、そこの娘っこ。変わったやつだが、まさかセレスティア人じゃないだろうな」

「あっ⁉　ま、まさかっ。そんなはずないじゃないですか」

あまりのタイミングにファラがしどろもどろになったのを、男は勘違いしたらしい。愉快そうに笑い出した。

「ははははは。そりゃそうだ。いま港へ行ってきたんだが、引き潮だった。セレスティア人ならばっちり角と牙が生えてるよな」

「……あのひと、なにいってるか？　間違ってるよなあ」

男が行ってしまってから、メルディは怪訝そうにつぶやいた。

「悪く思わないで。残念なことだけど、セレスティア人を嫌ってる人は多いの。だから、用心だけはしようよね」

「……はいな。メルディ、セレスティアンだけど、セレスティアンと疑《うたが》レレないように、する」

「引き潮のときに角と牙」だなんてひどすぎると思いながらも、メルディは素直にそういった。

いったんインフェリア城を通り過ぎ、王立天文台や闘技場、軒を連ねる高級そうな商店などを外からざっと見た一行は、あまり高くなさそうな宿屋に入って部屋をふたつ取った。

王に謁見《えっけん》するにしてはキャンプ続きで汚れすぎていたし、なにより体を休めたかったのだ。ひとり一泊六〇ガルドの料金は、ファラがオーグから貰ってきた革袋の中から支払った。

ひと眠りしてから食堂で落ち合う約束をリッドたちとして、ファラと一緒の部屋に落ち着いたメルディは、クィッキーを抱いてベッドにもぐり込んだ。

洗い髪も乾かさぬまま眠ってしまった、ファラの健康的な寝息を背中に聞きながら、メルディの意識は冴えている。

困難は承知のうえだったが、ここインフェリアにおいてのセレスティア人に対するイメージが決していいものでないとわかったのは、やはりショックだった。

「ううん……王様、きっと助けてくれる……大丈夫よ」

メルディは自分に言い聞かせるようにつぶやき、ふさふさとした青い毛並みを撫でる。とたんに瞼《まぶた》が重くなった。

昼下がりの食堂でたっぷりと食べたリッドたちは、宿屋に荷物を預け、ふたたび街に出た。午前中より人が多く、活気も増しているようだった。

「お城に行くなんて、ドキドキしちゃうな」

「遊びじゃないんだぞ」

「わかってるって、キール」

ファラは楽しそうに石畳を歩き、聳《そび》えたつ城の外門をくぐった。門の内側には建物に沿って堀が巡らされており、中に入るためには跳ね橋を通らねばならないようだった。が、跳ね橋は上がっており、堀の手前には門番の衛兵がふたり立っていた。

「何だ、おまえたちは」

背が高いほうの衛兵が、さっとファラの前に立ちはだかる。

「あ、あの……わたしたち、王様に会いにきたんですけど」

「なんだと、王に⁉」

衛兵は驚いた。

「インフェリアの一大事なんだ。ここに――」

キールは分厚い紙の束を取り出すと、いった。

「ここに、それについて詳しく書いた論文がある。一刻も早く目を通していただき、王へのお目通りをお願いしたい」

すると、今まで黙って目を光らせていたもうひとりの衛兵が、立派な体格を揺すって笑い出した。

「ふはははははは！　平民がなにをいってる。牢屋にぶち込まれたいのか!?」

彼が剣に手をかけたのを見て、キールは飛びすさった。

「うわっ……い、いえ、けっこうです。みんな、帰るぞ」

「え……？」

キールがとっとと逃げ出してしまったのを見て、リッドたちもあわててその場から離れた。

「なんだよ。いいのか？　簡単にあきらめちまって」

城から少し離れた商店の壁に手を突き息を弾ませているキールを、リッドは非難した。

「ふ、ふん。ぼくの論文に興味を示そうとも読もうともしなかった。あんな知識レベルの低い番兵を持っていては、偉大な王も気の毒というものだ」

「王、えらいか？」

メルディが聞く。

「あたりまえじゃないか。王は神聖にして崇高、ぼくたち平民とはぜんぜん違うんだぞ」

ふーん、と返事をするメルディに、ファラが訊ねる。

「セレスティアには王様、いないの？」

「いない！　セレスティア、みんなでいっしょ。特別なひと、イナイ！」

「それは同情するな」

キールは意地悪くメルディを見た。

「王による統治が得られなかったために、セレスティア人は、野蛮になったのかもしれない」

「ヤバンじゃないよー！」

メルディは傷ついた表情になった。リッドはそれを見て、話を元に戻した。

「どうすんだよ、これから」

「なあに、もう考えてあるさ」

キールは目にかかった前髪をかき上げ、きれいに撫でつけながら、「王立天文台へ行く。世界一の精度を誇る望遠鏡があるんだ」と、にっと笑ってみせた。

天文台は都のほぼ真ん中に位置していた。その高さははるかに城を凌《しの》いでおり、最上階に、巨大なドーム型の観測室が設置されているのを小さく見上げることができた。

「あのへんぴな山の観測所とは、大違いだな」

重たい扉を開けながら、ミンツを思い出してリッドがいった。

「キールがあこがれるのも、わかるような気がするぜ」

中に入ってみると、一階のホールは天文台というより博物館を思わせる造りになっていた。いかにも歴史がありそうな絵や彫刻、オブジェなどが陳列されている。

観光客らしい男女が三、四人いるほかに、人影はなかった。

「これ、なんだろ」

ファラは、複数の球体が不規則な位置に固定されている、変わった形のオブジェの前で足を止めた。キールがどれどれと覗き込む。

「ああ、これなら本に載っていたのを見たことがある。メルニクスの時代に作られた天球儀さ。古代の人間がなにを考えていたのか知らないが、この世界構造によると、インフェリアとセレスティアは別々の球体として捉えられているんだが、これが本当ならみんな落ちてしまうだろう。ばからしい。ははっ、さあ観測室へ行こう！」

キールは笑いながら隅の階段を昇り始めた。

「勝手に行っていいのかな」

「相当コーフンしてるぜ、キールのやつ」

ファラとリッドが後ろからひそひそやっていると、案の定、上から降りてきた研究員らしき若者に止められた。

「きみたち、どこへ行く？　関係者以外は立ち入り禁止だよ」

「観測室に行かせて欲しいんだ。どうしてもここの望遠鏡を使いたい」

「……なんのために？」

研究員は胡散《うさん》臭そうに訊ねた。

「インフェリアとセレスティアの距離変化を計測するんだ」

「距離変化だって？　両者の距離が、変わるわけないだろう」

「最新データはいつのものだ？　定期計測の間隔は？」

研究員はちょっと言葉をつまらせ、「定期的には計測していない」と答えた。

「でもたしか二年ほど前に……」

「二年だって!?　古すぎる！」

「しかし、すべてはゾシモス台長のお考えで、計画的に行なわれているんだ。変な言いがかりはやめてくれ」

「それならせめて、これを読んでくれ。ぼくが書いた論文だ。ここには優秀な頭脳が集まっているんだろう？　誰か光晶霊学に精通している者に……」

「よせっ！」

キールが先ほどの論文を差し出すと、研究員はそれを思い切りはたき落とした。紙の束を閉じていた紐が切れ、論文はバラバラに散る。

「これ以上しつこくすると、衛兵を呼ぶぞっ」

衛兵と聞いたとたん、キールの顔色が変わった。

「出よう」

「おいおい、またかよ」

リッドは半ばあきれてしまった。城門の衛兵はともかくこの研究員は丸腰なのだから、自分ならとっくに強行突破しているところだ。

「まだ道はある。とにかく逃げよう」

「ちぇ」

リッドとファラは肩をすくめ、しかたなく階段を降り始める。メルディも黙って続いた。

「なんなんだ、いったい」

研究員が毒づいていると、階上のドアが開く音がした。

「騒がしいぞ。研究の邪魔だ」

「ゾ、ゾシモス台長っ⁉」

姿を現わした初老の男を認めるなり、研究員は飛び上がった。

「も、申し訳ありませんっ。すぐにここは片づけておきます」

「ん？　なんだそれは」

ゾシモス台長は、階段に散らばった紙を持ってこさせ、気のない風に目を通してみる。

「論文のようだな……どうせ、そこらの学生が自分を売り込みに来たんだろう………こ、これは⁉」

ゾシモス台長の目が大きく見開かれた。

「おい、ほかのページも見せてみろ！」

天文台から外に出たリッドたちは、申し合わせたように、ほうっと息をついた。

「どうすんだよ、キール。どこに行ってもさっさと逃げちまいやがって」

「王様とつながる道が、ほかにもあるの？」

「あるさ！」

キールは胸を張って答えた。

「こうなったら、あとはセイファート教会だ」

「神様に頼んでみるのかよ」

「苦しいときの神頼みっていうもんね。イケるかも？」

「違うっ」

キールはブーツで石畳をダンッと鳴らし、「教会がセイファートリングを信仰の象徴として崇《あが》めているのは知っているな」と説明し始めた。

「シンコーのショーチョー？」

メルディが首を傾げたが、キールは無視して続ける。

「あそこがリングの異常を把握していないはずはない。ぼくの話を聞けば、すぐに王に連絡をとるだろう。今度こそ絶対に大丈夫だ！」

「アテになんねー」

リッドがぼそっといったが、キールの耳には入らなかった。

「教会の場所はわかってるの？」

「……さあ」

ファラは苦笑し、たまたま通りかかった老婆を呼びとめた。

「すみません、おばあさん。わたしたち、セイファート教会へ行きたいんですけど」

「教会？　だったらこの道をずっと東へ行ったところだよ。とても立派だからすぐにわかるさ」

老婆は「若いのに信心深くてえらいねぇ」とほめたあと、ファラの服に目をやって驚きの声をあげた。

「なんと物持ちのいい子だろう！　この古着はあんたのおばあさんの？　それともひいおばあさんのかい？　こんな古風なラシュアン染めがまだあるとはねえ」

ファラが適当に笑ってごまかすと、老婆は「道々セイファートの御加護がありますように」といい、食料品店へ入っていった。

「はは……ラシュアン染めって、けっこう有名なんだね」

ファラがいうと、メルディも自分が着ているお下がりをつまんで笑った。

「はいな！　メルディが服もユーメイの古着」

「大司教ガルヴァーニは私だが……」

案内を乞うと、セイファート教会の祭壇の前で教典を手にしていた男が、キールを振り返った。男のまわりには一〇人ほどの神父がおり、彼らもいっせいに突然の来訪者を注視した。

「あ……だ、大司教様っ!?」

キールがしどろもどろになったのを見て、どうもこいつは権力に弱いようだな、とリッドは思った。それが幼いころと同じく臆病だからなのか、出世欲からきているものなのかははっきりしなかったが、たぶん両方なのだろう。

「ファラ、あれ、きれーだなー」

メルディがファラのワンピースをひっぱり、小声で囁く。指さした先には見事なステンドグラスが輝いていた。花や鳥に囲まれた、美しい人物が描かれている。

「ひょっとしてあれ、シンコーのショーチョー?」

「あれは創造神セイファートだよ」

ファラはそれだけ告げると、ふっと口をつぐんだ。大司教ガルヴァーニがでっぷりと太った体を揺するようにして、こちらに近づいてきたからだった。

「なんの用だ」

「はい、あの……セイファートリングの黒体について、なのですが」

キールがいうと、大司教は「ほう」と声をもらした。

「ここ数年、年に三百メランゲの速度で増殖しているのです」

「うむ。黒体の変化は把握しておる」

「インフェリアとセレスティアが接近しつつあるのです！　このままいくと両世界の衝突は必至——エターニアは崩壊します。この異常はグランドフォールの何よりの徴候です。一刻も早く王にこのことを……」

「黙れ、黙れぃっ！」

大司教に一喝《いっかつ》され、キールはびくりとした。神父たちの間にもざわめきが広がる。

「異常だと？　なんとたわけたことを」

大司教は振り上げた拳は、怒りに震えていた。

「黒体が広がるは、セイファート様再臨の吉兆！　この上ない喜びであるぞ」

「……めでたいってことか？　あの不気味な黒体が」

リッドはぽかんとした。

「あたりまえだ！　それを災厄などと、国家を敵に回す発言である！」

キールはそれを聞いて、ぶるぶると震え出した。

「おい、また逃げるなんていわねーだろうな」

リッドが迷惑そうな顔になる。

「こういうことだったのか」

「え？　なんだよ」

「ぼくの理論がミンツ大学で相手にされなかった理由さ。やっとわかったよ」

キールは顔を上げ、大司教の顔を初めてまともに見つめた。

「大司教、あなたは……あなただけじゃない、教会も国家も間違っています」

「キール！」

ファラがあわててキールを遮ったが、遅かった。

大司教はみるみる顔色を染め、「皆の者！　この反逆者をひっ捕えよ！　衛兵を呼べっ」

と喚いた。

「はっ、ただちに！」

神父たちが動く。

「おい。おまえの嫌いな衛兵だってよ。やべーぞ」

リッドは神父のひとりを突き飛ばし、キールの腕を取った。

「メルディたち、なぜまた逃げる？」

「仕方ないよ」

ファラとメルディも急いで教会の外へ飛び出した。

「うそっ」

だが、そこはすでに数十人の武装した軍隊で固められていた。

「よーし、全員出てきたな」

ひとりの若者が不敵な笑みを浮かべながら、リッドの前に進み出た。

「俺はインフェリア城衛兵長、ロエン・ラーモアだ。きさまらが、世界の破滅などという邪説を垂れ流しながら歩いているという訴えがあった。抵抗すれば命はないぞ」

「やーだ、こわいっ」

メルディが泣き声をあげる。

「ウ　ギ　ミティ　バエムティ　ティイ　ドウン　ヤンティ！（まだ死にたくない！）」

「しっ。メルニクス語はダメよ」

ファラに鋭く囁かれ、メルディは口を押さえた。

「リッド、どうしよう」

「どうしようったって……それはこっちが聞きたいぜ。おい、オレたちをどうするつもりなんだ？」

「決まっているさ。きさまらを城へ連行する」

ロエンがいった。

「そして王からじきじきに判決を受けるのだ。死刑の判決をな！」

「し、死刑!? 冗談じゃねーぞ。オレは戦う。戦ってここで死んだほうが、マシってもんだ」

「いや、ここはおとなしく捕まろう」

「へ？」

あまりにもあっさりしたキールの言葉に、リッドは耳を疑った。ファラもメルディも絶句してしまう。

「おまえなあ、その消極的な生き方、いい加減にしろよ。捕まったら殺されるんだぜ？」

「ぼくに考えがある。王じきじきの判決ということは、つまり謁見できるということじゃないか。そうだろ？」

「……まあ、理屈ではね」

ファラは思わず頷いた。

「でも、死刑判決を受けたら死ぬんだ！ オレは嫌だね。世界の危機を訴えたから、死んでもいいって自己満足か？ そんなの性に合わねぇんだよ」

「しかし謁見さえできれば、まだ状況を覆すチャンスは……」

「こらっ！ 罪人どもが、なにをごちゃごちゃいってるんだ。きさまらにはもう意志など必要ない。やれ」

「はっ」

バラバラと衛兵たちが駆け寄る。リッドたちはあっという間に捕えられ、城に連行されてしまった。


「痛たたたたたたたた！」

「王のしもべのくせに乱暴な兵たちだ」

城に着いたリッドたちは、なにがなんだかわからないうちに、穴に突き落とされた。

「なんなのよ、ここは。メルディ、大丈夫？」

「はいな」

「クキュ……」

「な、は余計だ！　バカ」

キールがいらいらという。

「ちょっと、こんなときまで八つ当たりしないでよ」

「そうそう。メルディ、バッカじゃないよー」

メルディは唇を尖《とが》らせた。

「なあ。ここって、やっぱ牢屋なのかな」

リッドはほとんど光の届かない穴の底から、上を見上げる。はるか上方に丸く切り取られた明るい空間があった。四人はそこから突き落とされたのだ。

「そうなんじゃない？　なんだか寒い」

ファラは周囲の石を伝わってくる冷気に、自分の胸を抱きしめた。

「メルディ、ぜんぜん寒くないよ」

「しっ。なにか聞こえるぞ」

上から声が降ってきた。

「きさまら、よく聞け！　いまからインフェリア王より罪状の言い渡しがなされる」

「さっきのロエンってやつだな」

キールは唇を噛んだ。ややあって、重々しい声が響き渡った。

「汝ら、まやかしの説唱え、国を混乱に陥れようと画策した罪は見逃しがたし――」

リッドたちは懸命に上を見上げたが、ときおり影がちらつくほかは、王はもちろん、人の姿は見えない。

「よってここに第一級思想犯の罪をしるす。死をもってこれを償うべし」

「げえっ、やっぱ死刑かよ」

リッドが喚く。キールも叫んだ。

「待ってくれ！　話を聞いてください。グランドフォールの真偽を検証させていただければ、まやかしでないことはすぐにわかります！」

しかし、そのときだった。石壁を伝わり、冷たいものが彼らに降りかかってきた。

「み、水っ!?」

「くそっ、水攻めにする気か」

ゴゴゴゴ……。

底にたまった水がリッドたちのブーツを濡らし、早くもくるぶし近くまできている。

「バイバ！　足につめたい！」

クィッキーはメルディの頭の上に避難した。

「どんどん増えてる。このままじゃ、立ち泳ぎしてもいつか力尽きて死んじゃうよぉ」

ファラは無意識に手足の筋肉をほぐし始めた。

「メルディはオレが背負うよ。しかしおまえはどーすんだ？　立ち泳ぎなんてもってのほかだろ」

泳げないキールはすでにまっ青になっていた。

「の、逃れならないなら、いっそ穏やかに死を迎えようか……」

「は……呆《あき》れるのを通り越して感心するぜ、おまえのその性格！　勝手に死でもなんでも迎えろよ」

「……」

キールはうっすらと目を潤ませ「いやだ」とつぶやいた。それからハッとなってクレーメルケイジを手に取る。

「…!! ウンディーネ、ウンディーネ、なんとかしてくれ！　水を止めてくれ！」

ゴゴゴゴ……。水音に変わりはない。

「ダメじゃん」

「それはそうだ……大晶霊が、たかが人間の都合に手を貸すわけはない」

キールはがっくりとうなだれた。

「あきらめないで、みんな。最後まで王様に訴えようよ」

早くも胸のあたりまで水位は上がっていたが、ファラは気丈に笑ってみせた。

「ここから出してーっ。話を聞いてーっ」

「よし、オレも。おーい、世界の滅亡はウソじゃねぇぞー！」

「ぼくの話を聞いてくれー」

「メルディが服、濡れたー」

「クククククィッキー！」

　水牢の上には、王のほかに王妃も王女もいたのだが、みな一様に困惑の顔つきをしていた。

「……こんなうるさい罪人たちは前代未聞だ」

「お父さま、彼らはなんと叫んでいるのですか」

まだどこかあどけなさを残しているアレンデ王女は、目の前にぽっかり開いている水牢の黒い口から昇ってくる声に、耳を傾けようとした。

するど、傍らに控えていたロエンが、

「アレンデ姫。愚かしい戯言などお聞きになってはなりません。罪人というものは罪を逃れようと、どんな汚いことでも口にするものなのです」

とたしなめた。

「そのとおりですよ、アレンデ。平民など放っておきなさい」

　王妃は眉をひそめ、

「それにしてもうるさいこと！　ロエン、水の出が少ないのじゃなくて？　さっさと背丈より深く入れて、静かにさせておしまい」

と命令する。

「は……」

　ロエンはちらりと王の顔をうかがったが、なにごとか考えているようだった。しかたなく彼は注水バルブを最大まで捻《ひね》った。

ドオーッと水量が増えたが、ぎゃあぎゃあ喚く声も何倍にも大きくなる。

「わたくし、なんだか気分が悪くなってきてしまいました」

アレンデが口もとに手を当てたとき、ひとりの衛兵が入ってきた。

「失礼いたします。ただいま王立天文台のゾシモス台長が王にお目通りを……」

「陛下！」

転がり込んできたゾシモスを見て、王は驚いた。

「いったいどうしたのだ」

「しばし……その刑、しばしお待ちを！」

肩で息をしているゾシモス台長の手には、キールの論文が握られていた。


「げーっほ、げっほげっほ」

キールは与えられた大きなタオルを口に当て、噎《む》せた。

「あーあ、あんなに水飲んじゃうから」

ファラは、自分の服からぽたぽた雫《しずく》が垂れるのもかまわず、キールの背中をさすってやる。

水牢の中で背が立たなくなってしばらくすると、上から縄ばしごが降りてきて、四人は助かったのだった。リッドたちが上がってみると、ひと目で高貴とわかる人物が数人、豪華な椅子に腰かけていた。

「汝ら、刑を免れたこと、王立天文台長ゾシモスに感謝せねばならんぞ」

リッドは、死刑を告げた声が、間違いなく王のものだったことを知った。

「ゾシモス台長……あなたが」

キールは王の脇に控えている、いかにも聡明そうな男を見た。

「うむ。この論文を書いたのはおまえか」

ゾシモスの手には、天文台にあのまま置いてきてしまった論文の束が確かにあった。

「はい。キール・ツァイベルと申します。ひょっとして私の論文、読んでくださったのですか」

ゾシモスは軽く頷いた。

「非常に興味深いものだったのでな。さっそく両世界の距離を計測してみた。すると、以前の計測時より、二千ランゲも近づいておることがわかった」

「やはり、そうでしたか」

「むろん、おまえの説いているという世界の崩壊とそれとを、直接結びつけるわけにはいかん。原因を探らねば、論文の評価もできぬ」

「はい」

キールは神妙に頭をさげる。

「このまま死なすには、惜しい頭脳だと思ってな。陛下に、無理を聞いていただいたというわけだ」

「ありがとうございます」

「ふふふ。よかったですわね、みなさん」

アレンデが微笑むと、「平民に言葉をかけるんじゃありません！」と、王妃がピシッと制する。

しかしアレンデは、クィッキーをタオルでせっせと拭《ふ》いてやっているメルディと目を合わせると、またにっこりした。

「キール・ツァイベル。そういうわけなのでな、今後の調査にしばし協力してもらいたい。陛下のお許しはいただいてある」

「も、もちろんです。喜んで！」

キールの顔がぱっと輝く。

「ゾシモス、充分に注意せよ。不審な行動あらば、すぐに兵を呼ぶがよい」

王はキールを観察しながら、冷静にいい放った。

キールがゾシモスとともに天文台に行っている間、ファラたちは城内で休ませてもらうことになった。

三人が城内を歩くと、そこに居合わせた貴族やメイドたちが珍しそうにじろじろ見る。案内を任された側近のひとりは、城の西塔にある客間まで先に立って進みながら、「こんな平民に城内をうろつかれるとはなあ」と、無遠慮に嘆く。

ファラは、都に入ってからあまり「平民、平民」といわれるので嫌な気分がしないでもなかったが、どうしようもないことなので黙っていた。

廊下に敷きつめられた毛足の長い絨毯《じゅうたん》を踏みながら、セレスティアではみんな一緒っていってたけど……と、メルディの言葉を思い出す。

階級のない世界がどんなものなのか、ファラには想像もつかなかった。

「ほら、ここだ。なるべく廊下に出るんじゃないぞ」

側近はそう言い残すと、さっさと踵《きびす》を返して去っていった。

「へっ、感じ悪ぃの」

リッドは客間のドアを開け、さっさと中に入った。

「おうっ、すげえ！　見ろよふたりとも」

ファラとメルディも部屋に一歩入るなり目を見張った。

客間というからには要人をもてなすための最高級の部屋なのだろう。

あちこちに大理石の調度品や高価な装飾が見られ、高い天井から下がった宝石のようなシャンデリアは、それらをさらに煌かせている。大きな窓からは、インフェリアの都が一望できるのだった。

「すごいベッドだなあ」

寝室に入ってみたリッドは、大人が三、四人は優に寝られそうな巨大なベッドのカバーに触れ、ため息を漏らした。

「あっれー、次の間つきだよ。こっちにもベッドがある」

さらに奥のドアを開けたファラが、歓声をあげる。

「じゃ、女の子はこっちのほうを使おうね」

ファラは勝手にそう決めたが、ふと首を傾げた。

「ねえリッド、キールのお手伝いっていつまでかかるの？」

「さあ……知らねぇけど。なんかいろいろ難しい計算をするんだろ？　とても今日中には終わらないだろうなあ。かわいそうに」

「よかったぁ」

ファラがポスッと枕に顔を埋める。

「なにがよかったのか？」

メルディが訊ねた。

「え、だって。キールがすぐに帰ってきちゃったら、ここに泊まれないかもしれないでしょ」

「なるほどー」

きゃはははっと笑い声をあげるふたりに、女は冷てぇよ、とリッドは思った。

「しかし、最後にこんな豪華な部屋で寝るのもいいかもな。これでやっと長かった旅も終わるわけだし」

「終わる？　オワリ？　ちがーう、オワラナいよ！」

メルディが、つかつかとリッドに近づきながらいった。

「なんでだよ。これでグランドフォールのことがはっきりするだろ？　そしたらあとは王様が大晶霊を見つけてくれる。どっちにしたってオレの役目は終わりってこった」

「ちがうよー！　集めてオワリじゃない、メルディが大晶霊の連れてセレスティア戻らなきゃ！　リッドはオワリじゃない！」

「ああ、そっか」

枕を抱いていたファラが、急に真顔になった。

「メルディをセレスティアへ帰してあげなきゃいけないんだったね。でも、王様になにもかも頼るのはどうかな」

「……それはいいとしても、だ」

リッドもまじめな顔になる。

「メルディがセレスティア人だとわかったら、それこそ大変なことになるんじゃないか？」

「そうだよ。やっぱり旅は終わりじゃないよ、リッド」

「しっかし、どうやってセレスティアに帰る方法を見つけるんだ」

リッドが唸ったとき、ドアがバンと開いた。

「ほら、おまえらの荷物だ」

ロエンだった。リッドたちが宿屋に置いてきた荷物をどさりと床に投げる。

「まったく、いくら陛下のご命令だからって、なんで衛兵長の俺がこんなことまでしなけりゃならんのだ」

「それは悪かったな」

リッドは料理道具が入っているファラの荷物を拾い上げ、手渡してやりながら、ロエンを睨みつけた。

「どうしていつもそんなに、偉そうなんだ？」

「どうして？　おまえらとは生まれが違うんだよ。俺は貴族だからな」

ロエンはせせら笑ったが、急に声をひそめた。

「特別に教えてやろう。貴族だって中にはひどいのもいるさ。貴族が貴族らしくあるためには、毎日高貴なものに触れていることが大切なんだ。ま、こんなことをいっても、おまえらの理解の範疇《はんちゅう》ではないだろうがな」

衛兵長が出て行ってしまうと、

「なんだあいつは？」

「さあ。高貴なものってなんだろうね。王様に触ってるわけじゃないだろうし」

リッドとファラは肩をすくめて笑った。

そのとき、メルディがあくびをしながら、リッドの腕のなかに倒れ込んできた。

「リッドぉー……メルディ、疲れて眠りが落ちそうよ」

「うわっ、ベッドで寝ろよっ！」

「じゃあわたし、あっちに行って寝ようかな」

と、ファラは隣りの部屋へ行きかける。

「おいおい、バカいうな。早くこの子を持ってってくれ」

リッドはため息まじりにいった。


「ふう、さすがに少し疲れたな」

深夜の観測室で、望遠鏡を覗き込んでいたゾシモスは、眉間《みけん》を揉みながらキールを呼んだ。

「はい。ご用でしょうか」

テーブルで複雑な計算式に没頭していたキールは、飛んできて訊ねた。

「疲れたといったのだ。しばらく変わってくれ」

「……！　よ、よろしいのですか⁉　望遠鏡にさわっても！」

「人払いをしてしまったのだぞ。ほかに誰がいる？」

ゾシモスは興奮しているキールを見ていった。

「操作方法はわかるな」

「もっ、もちろんです！」

（お、王立天文台の天体望遠鏡に触れるなんて！　なんてすばらしいんだ！）

キールはぎくしゃくと望遠鏡の下のステップまで歩いたが、一段目につまづいた。

「すっ、すみません、すみませんっ」

今度は用心深くステップを踏み、無事に覗き込んだ。

（こ……これがセレスティアなのか⁉）

当然のことながら、キールはこれまで、こんなに高い倍率の望遠鏡を覗いたことがなかった。

彼の視界の中に、黒々とした陸地が広がっている。わずかに人工的な明りらしきもの

が見える箇所をのぞけば、それはやはり野蛮なイメージを拭《ぬぐ》い切れない光景だった。

「すごい……なんてすごい！」

「キール。感心していないで計測を始めるのだ」

「あっ、はいっ。申し訳ありません」

キールは体を起こし、ゾシモスを振り返って謝った。

「まあいい。それを初めて覗いたものは、みな似たような反応を示す」

台長はにこりともせず、

「ところで、キール。おまえは、なぜそのグランドフォールとやらを予見するに至ったのだ？」

と訊ねた。

「え」

「むろん、ミンツの望遠鏡でも黒体の観測くらいはできよう。だが、それをふたつの世界の衝突と結びつけた発想について知りたい。そもそもグランドフォールという言葉は、おまえの造語なのか」

「あ……そ、そうです。うまく説明はできないのですが、すべてはひらめきというか、なんというか……」

「ふむ。ひらめきか」

キールの頭の中にはメルディの顔がちらついていたが、なんとかその場をごまかすことができた。

(少なくともいまは、すべてを話しているひまはないんだ。早く仕事を終えなければ)

彼は自分にそういい聞かせると、ふたたび望遠鏡の中に意識を集中した。


キールが城の客間に入ったのは翌朝のことだった。

すでに起きていた三人は、疲れきった仲間の顔を見るなり柔らかなソファに座らせた。

「グランドフォールの原因、わかったのか?」

「いや。それはまだだが、一応ひと区切りついたよ」

ファラがサイドテーブルの上から、フルーツを運んできた。

「がんばったね、キール。これを食べて、ゆっくり寝なよ」

「ああ、そうする」

キールは伸びをした。が、けっきょく彼は寝ることができなかった。

客間のドアが開き、バタンと閉まる。また開いては閉まった。

「なに、あれ」

「オバケ?」

　メルディが気味悪そうにいったとき、またドアが開いた。今度は誰かが入ってきた。

「一生のお願いです。平民とお話がしてみたいの」

「アレンデ姫、お待ちくださいっ。こんなところを王妃さまに見つかったら、私は打ち首です！」

　ファラはぽかんとしてふたりを見守っていた。

「ロエンと、きのうのお姫様だ……」

　アレンデはメルディを見つけると、駆け寄ってにっこりした。メルディも負けずに、にこにこする。ふたりは気が合うのかもしれなかった。

「あなた、きれいねー。きのうも思ったよ。きれい、きれい！」

　アレンデは美しく結い上げたうす茶色の髪に触れ、「ありがとう」と礼をいった。

「わたくし、インフェリア王女・アレンデですわ。みなさんが気になって来てしまいました」

「ですわ、デスワ！　アレンデ姫、きれいですわ！」

　メルディの言葉にロエンは顔を引き攣《つ》らせたが、アレンデが楽しそうににこにこしているので、咳払いをしてリッドたちに向き直った。

「おい。謁見の間で、王より重大な発表がある。すぐに行けよ」

「なにエバってんだよ」

リッドはここぞとばかりにいった。

「ちょうどいいから王様に報告しようか？　お姫様をこんなところに連れてきたって。おまえ、一発で水牢行きだぞ」

「うっ。そ、それは……」

ロエンがおたおたするのを横目に、キールが立ち上がる。

「みんな、行こう。おそらくグランドフォールの対応策についてだと思う」

メルディはそれを聞いて、そっとキールのガウンに触れた。

「大晶霊がことは？」

「む、むろん台長に話したさ。だが、理論的裏付けが取れたかどうかは、わからない」

キールは小声で答えた。

「ぐずぐずするな！　さっさと行けっ」

ロエンが喚いたので、リッドたちは客間を出て行った。

「……なにもあんなに急がせなくとも。わたくし、もっとお話がしたかったですわ」

アレンデが残念そうにつぶやくと、

「とんでもないっ。本来なら、城にあのような平民を入れるものではありません。緊急事態なので、やむを得なかっただけなのですよ」

と、ロエンは懸命に説明した。

「まあ。緊急事態、なのですか？」

アレンデは頬に両手を当て、恐ろしそうに身震いした。

「ああ、あの方さえいてくだされば、こんなに心細い思いをすることはありませんのに。ロエン、わたくしは……あの方にお会いしとうございます」

ロエンは一瞬、平手打ちでもくらったかのような顔をしたが、すぐに立ち直って優しく言った。

「姫。たしかに彼は素晴らしい元老騎士でありましょう。しかしながら、私も家柄と剣術では決してひけを取るものではございません。こと忠誠心においては、不肖このロエン・ラーモア！　姫のためとあらば、たとえ火の中水の中、はたまたオルバースの果てまでも…………は」

ロエンは、アレンデが自分の話をまったく聞いていないのに気がついて、心の底から落胆した。

「ああ……」

「！」

姫の愛らしい唇が、声には出さずその名をつぶやくのを見たとたん、彼の心の中に嫉《しっ》妬《と》の炎が燃え上がった。

リッドたちが謁見の間に入ったとき、すでに王は玉座についていた。いならぶ重臣たちの後ろにそっと並ぶ。

やがて、王が厳かな声で話し始めた。

「みなの者、王国は今、危機に瀕《ひん》している」

事情を知らない重臣たちの間から、節度をわきまえたざわめきが起こった。

「王立天文台は、事態の原因究明に取り組み、けさ方、対処の方針を決定した。これより台長ゾシモスから説明がある。ゾシモス、前へ」

「はっ」

威厳たっぷりに現われたゾシモスに、キールは強い畏敬の念を覚えた。彼もまた一睡もしていないはずである。

「それでは説明する。インフェリアとセレスティア、ふたつの世界がいま、かなりの速さで近づきつつある。計測の結果、このままだと百スオム後には両者が衝突することになるだろう」

今度は重臣たちも我を忘れて声をあげた。

リッドは「やったな」とキールを見る。キールは得意げに、力強く何度も頷いた。

だがその誇らしげな気持ちは、すぐにゾシモスによって打ち砕かれた。

「静まれ、みなの者。この現象——グランドフォールの原因はわかっておるのだ」

「え？」

(原因はまだわかっていないはずじゃ……ぼくが城に戻ってからの短時間に、台長ひとりで突き止めたというのか⁉)

ファラも不思議そうに首を傾げている。ゾシモスは、声を張った。

「原因は、セレスティア人の陰謀である！　奴等は、これまで我々にもたらした数々の災厄に飽き足らず、ついには全世界を破滅させようと計画を実行し始めたのだ！」

バイバ！　と、メルディが叫んだ。

王が進み出た。

「余はここに、セレスティアの野蛮かつ理不尽な破壊行動に対して、徹底抗戦を誓うものなり。みなの者、戦争だ‼」

衛兵たちが雄叫びをあげる。

「セレスティアへと渡る手段について説明する！」

ゾシモスが拳を突き上げ、

「我が王国にはかつてより、光の橋なる存在が伝えられている。すみやかにこの橋を発見し、インフェリアの精鋭部隊を送り込もうぞ！　必ずや、グランドフォールは阻止できよう！」

と、あおった。

「いまこそ、あの蛮人どもにインフェリアの偉大さを見せつけ、完全降伏させるのだ。みなの者の働きに期待する！」

王の言葉に、「ばんざい」の声がわきあがる。

「おい、どういうことだよ⁉」

リッドたちはキールを取り囲み、ぼう然と立ち尽くす彼を揺さぶった。

「話がちがうじゃない」

「こんな、こんなのないよぅ！　キール、ひどぉいっ！」

だが、キールはひと言も言葉を発することができないままでいた。

第五章

謁見の間から人々があらかた出て行ってしまうまで、キールはぼう然としていた。が、ゾシモス台長が退出しようとするのを見、彼はハッと体を動かした。

「ゾシモス台長！　説明してください」

台長はキールを認めると、足を止めた。

「グランドフォールを人為的に引き起こすなんて不可能だと、台長はゆうべぼくにおっしゃったではありませんか？」

「キール。学問もまた王国に準ずるのだ」

「そんな……」

ファラが間に割って入って来た。

「光の橋ってどこにあるんですか。本当はわかってるんじゃないですか？」

「いや、さっきもいったとおり、場所も利用方法も調べ直しだ。そもそも光の橋とは三〇年前、バリルという晶霊術士が発見した、セレスティアへの架け橋のことなのだ。やつは行ったきり帰ってこなかったのでな。くわしいことは、わからずじまいだ」

ゾシモス台長はそう説明し、「キール。ちょっと話がある」と手招きする。

そのとき、ロエンが入ってきて、なにかを差し出した。

「おい、おまえたちはもう用済みだ。これをくれてやるから、さっさと出て行ってくれ」

リッドが受け取ってみると、それは王国発行の乗船パスだった。

「船で、どこか遠くへ消えちまえってわけか」

「平民風情には似合わぬ貴重品だぞ。生意気をいうな」

「わかったよ。オレたちだってこんなところには、もういたくないからな」

リッドはロエンをひと睨みすると、「行こうぜ」と仲間をうながした。

「待ってくれ」

キールがひきとめた。

「なんだよ」

「ぼくは、行けない」

「えーっ」

ファラとメルディが声を揃《そろ》えた。

「いまゾシモス台長から、天文台に残って、光の橋についての調査を手伝うよう要請された」

「なにいってんの、キール。戦争に協力するつもり？　まだ王様を信じるわけ？」

「王立天文台は夢なんだよ、ぼくの」

「…………」

沈黙が流れた。

(キールには一緒に来てほしい……でもそれをいうのはワガママだよね？)

ファラは、いったん開きかけた唇を閉じ、ひと呼吸おいて、

「わかった。キールの好きにすればいいよ。がんばってね」

一気にいってしまうと、ずんずん歩き出した。

「おい、ファラ」

「いいんだ、リッド。キールにはキールの人生があるんだもん。しょうがないよ」

ファラは無理に笑ってみせた。

「わたしたちだけで、大晶霊を探そ。せっかくパスがあるんだから、港から船に乗ろうよ」

「……そうだな」

リッドはちらりと振り返ってみたが、もうキールの姿はなかった。

インフェリア港からは、ミンツ行きとバロール行きの定期船が出ているということだ

った。

「バロールは商業の街、だってよ。ここからだと北西になるのか」

港の入口に建てられた案内図を見て、リッドがいう。

「キールはいないし、ミンツに戻っても仕方ないね。商業の街だったら、人がたくさん集まってるだろうし……情報も多いかも」

「決まりだな」

「うん！」

ファラはメルディが黙りこくっていることに気づいたが、そっとしておくことにした。

（キールのこと、怒ってるんだよね）

知識が豊富で自分と同じ晶霊術を操り、クレーメルケイジを持っている仲間が突然いなくなったのだから無理もないことだと、ファラは思った。

「おい、こっちの桟橋だぞ」

リッドがファラたちを呼びながら、先にゲートをくぐろうとする。

チョーカーを見た衛兵がリッドを止めたが、乗船パスを見せると、あわてて通してくれた。

水夫が案内してくれた船室は二等だったが、食事も運んでくれるという。初めて船に乗るリッドたちにとっては、充分すぎるほど豪華な旅になりそうだった。ごくまれにだが、途中で霊峰ファロースがはるか彼方《かなた》に見えることさえあるという。

出航後、船室の窓から穏やかな海をじっと見つめているメルディに、ファラはそっと話しかけた。

「メルディ。キールのことなんだけど」

クィッキーを抱いたメルディは、海を見たまま「なにか？」と答えた。

小さな波の上を、海鳥たちが横切っていく。

「許してあげてね。わたしたち、がんばって大晶霊を見つけるから」

「ううん。メルディ、オコッテないよ」

メルディはファラを振り返った。

「キールがことは、ユルしてる……でも、メルディはセレスティアン。キールが敵となっちゃうか……」

「それを気にしてたの？」

ファラは思わずメルディの頭を抱きしめた。

「そんなことないよ！　キールは昔からいろんなことが知りたくて、たまらない人なの。それだけよ。敵になんかなるもんですか。信じてあげて」

「信じる……しんじる、か」

メルディは自分に言い聞かせるように繰り返した。

造りつけのソファに寝転がって、ふたりを見るともなしに眺めていたリッドは、天井に視線を移して考えた。

(信じる、ねえ。そもそもメルディを信じたから、こういうことになっちまったんじゃねーか)

平和な生活を送っていた自分を、どんどんラシュアンから遠ざけていくメルディの話が、すべて真実だといいきれるのだろうか？

「なにぼーっとしてんのよ。食事はもう少しあとだよ」

ファラにからかわれて、リッドは「そんなんじゃねぇ」とつぶやいた。


バロールまでは丸二日かかった。ファロース山は見ることができなかったのだが、嵐に遭うこともなく、リッドたちは無事に下船した。

「バイバ！　きれいな～匂い～」

「ほんと。なんの匂いかな。甘ーいね」

別の大陸の匂いだな、とリッドはひとり納得した。

「さてと。まずは、街をひととおり見て回ろっか」

港の角を曲がったとたん、喧噪《けんそう》が飛び込んできた。

「バイバ！　おみせ、たっくさん！」

「ほんとだ。いろいろ売ってるよ」

街全体がひとつの商店街のようだった。布や装飾品、資材を扱っている店もあれば、焼きたてのパンを売っているかわいらしい店もある。世界中から集まった商人たちが、大声で仕入れの交渉をしている場面が、そこここで見られた。

リッドは、さっそく熱あつのハンバーガーを三つ買ってくると、ファラとメルディに分けた。

「うめーっ！」

「ちょっと味のうすいか？」

「ククィ〜」

メルディは航海の間に元気を取り戻したようだ、とファラはうれしかった。

そのとき、どこかで怒声が聞こえた。続いて悲鳴が二度。

「なにっ⁉　いまのっ」

「厄介事だろ。ほっとけよ」

だが、ファラはもう走り出していた。

「ちぇ。あいつ、いっつもこうなんだ」

リッドはしかたなくファラのあとを追うことにした。

騒ぎが起こっていたのは、大きな食料品店の店先だった。野菜や乾物で溢れんばかりの木箱が並べられている前で、店主らしい男が子供をはがいじめにして殴りつけていた。

「こらーっ！　いいおとなが子供をいじめるなんて情けないと思わないのっ!?」

突然、飛び込んできたファラに、店主は驚いた。

「なんだおまえは！　さっさとあっちへ行っててくれ。こいつはなあ——」

「いいえ。ほっとけません」

つかまっている子供は七、八歳くらいに見える男の子だった。

騒ぎを聞きつけた通行人や近所の住人たちが集まってくる。

「うわ〜ん、いたいよー、いたいよーっ」

子供は、ファラの顔をちらりと見たあと大声で泣き出した。

「放しなさいったら、もうっ！」

ファラは無理やり男の子を引き剝がすと、そのまま店主に蹴りと小手をたっぷりお見舞いした。

「この、この、このっ、えいっ！」

「ぐえぇぇぇっ！　や、やめてくれ、頼むっ、死んじまうよぉ」

店主が悲鳴をあげたので、ようやくファラは攻撃を中止する。ちょうどそこへやってきたリッドは、状況をひと目見るなり、「はああ～」と顔を覆った。

店主がよろよろと立ち上がる。

「な、なんてことしてくれたんだ。あいつはこの界隈じゃ有名な盗みの常習犯なんだぞ」

「えっ」

ファラは驚いてあたりを見回した。が、いつのまにか子供の姿は消えていた。

「とっくに逃げちまったよ。やっとやっと、とっ捕まえたのに……。あいつのせいで、いままでどれだけの損害を被ったと思う？　かわりにおまえを働らかせてやるからな！」

「あーあー、すいませんすいませんっ！」

リッドが店主の前に進み出る。

「オレたち、たったいま、この街に着いたばっかりなんで……許してもらえませんか」

「それとこれとは関係ないだろ」

店主は冷たくいい放った。

「ごっ、ごめんなさい。本当に……わたしったら」

ファラが深々と頭を下げたときだった。ふわりと甘い香りが漂った。

「インフェリア商法第八七条。雇用の権限は、両者の意志にもとづいてのみ、これを行使されねばならない……」

「なっ、なんだ。いちゃもんはごめんだぜ」

すらりとした長身の若者が、店主と向き合った。ゆるいウェーブがかかったくすんだブロンドを長く伸ばし、羽根飾りのついた鍔広《つばひろ》の帽子をかぶっている。羽根の横には小さな黄色い花まで刺していた。

(きれいな匂い、あの花が匂い)

鼻をひくひくさせているクィッキーを肩に乗せ、メルディは思った。

「王の定めた法律をいちゃもんだと？」

若者は店の前をゆっくり行ったり来たりした。

(なんてきれいな男の人なんだろ)

ファラは思わず彼の横顔をじっと見つめてしまう。

「商品箱が公道に一・五ランゲはみ出している。これで禁固三年、もしくは罰金千ガルドだ。おまけにこの価格はなんだ？　二重表記ではないか……」

「うわったった！　それ以上はやめてくれ」

店主はあわてて若者を遮った。

「子供の罪を問う前に、まずは大人が法を遵守《じゅんしゅ》すべきではないか」

「わかったから見逃してくれよ」

店主はそう言い残すと、店の中に逃げ込んでしまった。

野次馬の人垣も散ってしまった。

「ああ、助かった」

ファラがほっとするのに、リッドは食ってかかった。

「ったく、事情も知らずに首を突っ込むからだ」

「ごめん……」

「ティアン　クウムド　プンディシム　ウス　ルンエヌウムグ！（去って行きます！）」

メルディが叫ぶ。

「待ってよー！」

リッドたちも、若者が去って行ったことに気づき、あわてて追いかけた。

「すみませーん、ちょっと待ってください」

ファラは大声で若者を呼びとめる。

「どうもありがとうございました」

若者が振り返った。

「わたし、ファラといいます」

「私の名はレイスだ。久しぶりに楽しいバカ騒ぎだったよ」

ふっと皮肉っぽい笑いを漏らす。

「あのう、よろしかったら、なにかお礼を……お食事なんかいかがですか」

ファラたちは適当な食堂を見つけると、中へ入った。

かなり混んではいたが、大きなテーブルをひとつとることができた。

海の近くだけに、メニューにはたくさんの魚介料理の名が書き連ねてある。

「しかし、いさましいお嬢さんだな」

「こいつ、いっつもこうなんですよ。子供のころから」

「リッド、よけいなことといわないで」

「だってほんとだろ。木から降りられなくなった友だちを助けに登って、自分が降りられなくなったり、子供が川に落ちたって聞いて飛び込んだのはいいけど、もうちょっとで流されそうになったり。ほんっと、いろいろあったよなあ」

「なんでそういちいち覚えてんのよっ」

ファラがリッドを睨むと、レイスは低い笑い声をたてた。

「それはそうとレイスさんは法律関係のお仕事ですか？　ずいぶん、くわしいみたいですけど」

運ばれてきた湯気の立つブイヤベースをパンといっしょにすすめながら、ファラは話題を変えた。

「レイスと呼んでくれ。私は商人だ」

首もとを隠してしまっているスカーフを指でちょっと下げ、彼は緑のチョーカーを示した。

「最近では主に、メルニクス文明後期に貴族の鑑賞用として作られた金属壺を売ってる」

彼は荷物の中から小ぶりの壺を取り出すと、テーブルの上に置いた。

「高いのか?」

自分の皿からクィッキーに魚のソテーを食べさせていたメルディが、壺を覗き込んだ。

「一万ガルドだが、どうかな? いまならたったの五千ガルドでお譲りしよう!」

「ぶっ」

リッドはスープを思いっきり吹いてしまった。

「きったないなー。クィッキーがかかったよ」

「ご、ごめん。あんまり高いんで……そんな壺、いったいどこで?」

「風晶霊の空洞で掘り出し物を探していたときに、偶然見つけてね」

「風晶霊の空洞!?」

ファラが、がちゃんとスプーンを落とす。

「あ、ああ。バロールの西にある洞窟だが……あっ」

壺が突然テーブルの上をごろごろ転がり出したので、レイスはあわてて手で押さえた。

「クキュ、クィッキー!」

クィッキーが中から飛び出す。遊んでいたらしい。

「どうもきみたちといると調子が狂うようだ……その、失礼だが珍しい動物だな」

レイスの言葉に、ファラはあわてた。

「きっ、気にしないで、レイス。そんなことよりお願いがあるの。わたしたちを風晶霊の空洞へ案内してくれない？」

「五千ガルド」

「へっ」

「壺は買わないんだろう？　だったら案内が五千ガルドだ――といいたいところだが」

レイスは壺をしまいながらいった。

「これもなにかの縁だ。特別無料にしてあげよう。わたしもそろそろ商品を仕込みに行こうと思っていたところだしね」

「ありがとう、レイス。あれ……」

ファラは、レイスが動いた拍子に漂ってきた甘い香りに気づいた。

「これは、この街を包んでいるいい香り――」

「メルディ、知ってる！　レイスが帽子のもついてる花」

「ああ、これはドエニスの花だ。私のいちばん好きな花なんだ」

レイスは優しい口調になると、帽子に刺した花の黄色い花弁にちょっと触れた。

「西のほうには、広大なドエニスの自生地があってね。春に西風が吹くと、街がもっと甘くなる――」

「すてき」

ファラがうっとりするのを見て、リッドは「けっ」と横を向いた。

「さてと、私は納品があってね。すぐに戻るからここで待っていてくれないか」

レイスはそういい残すと店を出て行った。

「ファラ、思わぬ収穫だな」

「うん！　こんなに早く、大晶霊に会えるかもしれないなんて」

単純に喜んでいる幼なじみに、リッドは「そのことじゃねーよ」と、口の中でつぶやいた。


支払いをすませたファラたちが店のまえで待っていると、レイスは本当にすぐに戻ってきた。

「きたきた、レイスっ！」

メルディがうれしそうに駆け寄る。

「きゃ」

「あぶない！」

レイスが、よろけたメルディをとっさに体で受け止めた。そのとたん、虹色のまばゆい光があたりに溢れ出す。

「な、なんだ、これは!?」

レイスは驚き、説明を求めるようにリッドを見た。

「さ、さあ……なんだろうな」

(オレのときとおんなじ光だ――!)

「ワイール!」

メルディが歓声をあげる。

「レイスもフィブリルのある!　メルディといっしょで行こうよ!!」

「クィック、クィッキー!」

レイスがなんともいえない表情になっているのを見て、ファラはあわててみんなを促した。

「と、とにかく出発しよ?　レイス、西ってどっちなの?」

「ああ……すぐ案内するよ」

レイスはここで質問すべきではないと判断したらしい。唇を引き結ぶと歩き始めた。

バロールから西へ数時間進むうち、あたりの景色は殺風景になり、視界に入るものは岩と草だけになった。次第に吹く風が強くなってきたようだった。

「もう少しだ」

くすんだブロンドを風になぶらせながら、レイスはみんなを励ますようにいった。

「あっ、あれは？」

リッドは脇道に建っている小屋に目をとめて訊ねた。

「番小屋さ。兵士たちが交替で詰めている」

驚いたことに、風晶霊の空洞は王国の管理下にあるらしかった。

しばらく行くと、岩山の中腹にぽっかりと口をあけた洞窟の入口が見えてきた。

両脇にひとりずつ衛兵が立っている。

「インフェリア兵だぜ。大丈夫なのか？」

「私が話をつけてこよう、待っていてくれ」

レイスは足早に兵士に近づくと、低い声でなにごとか話し始めた。やがて振り向いた
彼は、にっこり笑ってリッドたちを手招いた。

「やったね。うまく話してくれたんだ」

「レイスがえらいっ！」

そうかな、とリッドはひとり首を捻った。

「なーんか変なんじゃねーか？　なんで一介の商人が王国の管理地に簡単に入れるんだよ」

「さあ。顔馴染《なじ》みなんじゃないの？　ときどき来るっていってたじゃない。それに、あんな風格のある人に頼まれたら、誰だってＯＫしちゃうよ」

「風格ね」

自分とはあまりに無縁な言葉に、リッドは思わずむっとなった。

「とにかく早く行こ。レイスが待ってる」

「わかったよ」

リッドはレイスの前を素通りし、さっさと洞窟に入っていく。洞窟内は迷路のように入り組んでいたので適当な道を選ぶと、すぐにレイスの声が追ってきた。

「リッド！　そっちじゃないぞ。その先は暗くてモンスターが多いんだ、戻れ」

「へっ。モンスターが怖くて、大晶霊探しなんかできるかよ」

リッドが嘯《うそぶ》いたとき、ビュッと目の前をなにかが掠めた。

ビィィィ……。

(さっそく出やがったか!?)

リッドは剣を構え、相手の出方をうかがった。薄暗闇に目が慣れてくると、シルエットからそれがホーネットらしいことがわかった。

モンスターは嫌な羽音をたてながら、天井付近にとどまっていたが、やがて鋭い目を光らせてリッドに襲いかかってきた。

「待ってたぜ！」

思いきり剣を横に引く。

「魔神千烈破っ！」

手応えがあった。片翼をだらりとさせ、岩壁に叩きつけられたホーネットが動けなくなった隙を捉え、そのまま突きを繰り出す。

ウギャアアアアァァァ――ッ！！！

ホーネットは断末魔の声を洞窟内に響かせながら地面に墜ちた。

「へっ」

リッドが入口のほうへ戻ろうと踵を返すと、レイスが立っていた。

「なんだ、見てたのかよ」

「君の剣術は、たいしたものだな。変わった構えだがどこの流派だ？」

「自己流だよ。オレは剣士じゃない。ただの猟師だから、自然に身についたんだ」

「ふうん。きちんと修行したら、もっとうまくなるだろう。なんなら私が教えようか」

「ほんとか？　じゃあチャンスがあったらな」

リッドは剣を鞘におさめながら、ファラたちのところまで戻った。

「リッド」

「平気平気。さあ、さっさと大晶霊を探そうぜ」

するとレイスが訊ねた。

「ずっと疑問だったんだが、なぜ君たちはそんなに大晶霊に会いたいんだ」

「えっ。そ、それはだから、せっかくバロールに来た旅の記念に……」

ファラがごまかそうとしたが、レイスは納得しなかった。

「そうかな。単なる興味本位ではないだろう。感じるんだよ、君たちが胸に抱いている使命感のようなもの……」

「ティアエティ　ウス　ディウガティ！（正解です！）」

メルディがうれしそうにいう。

「レイスがよくわかるー。使命感なぜなら、メルディたちが大晶霊集めてな、グランドフォ……！」

「ちょっと待てっ、メルディ！　いうな」

リッドが叫んだが、ファラはお気楽にいった。

「あら、いいじゃない。レイスならきっと力を貸してくれるよ。話してみようよ」

「……しらねーぞ」

「とにかく先に進もう。この洞窟はかなりの広さなんだ。のんびり歩いたら、いちばん奥まで行くのに二日はかかる」

「ファラの話しながら行けよー。あれっ、レイスこれはなにか？　きれいねー」

メルディは、レイスが太いベルトに装着しているものに気づいて、指さした。

「ん？　ああ、これはコンパスキーの一種だ。持つ者の進むべき道を示してくれる」

それは円錐形をしており、先に球形の装飾がついた変わった形の鍵だった。レイスは、だが、さらりと説明しただけで話を戻してしまう。

「それより、ファラ。話してくれないか」

「あ、うん！」

強い風に髪を押さえながらファラが頷く。空洞はところどころ天井の岩がなく、光が射し込んでいたが、空気が通るせいで風の流れにも変化があるようだった。

ファラは道々、レイスに今までのことを残らず話して聞かせた。

リッドは、ときおりなんの前触れもなく地面から吹き上げる風や、空中で起こるつむじ風からメルディをかばってやりながら、簡単に他人を信じすぎるファラに不安を覚え続けていた。

やがて、天井の切れ目から覗く空が、暗くなってきた。夜が近づいているらしい。

「……なるほど。そういうわけだったのか」

話を聞き終わったレイスは、それを信じるとも信じないとも言わず、リッドを振り返った。

「この先に、ちょっと広くなっているところがあるんだ。火を焚くにはうってつけの場所だから、そこで休もう」

「オレはどっちでもいいけど」

ニードルシェル――ちょうどクィッキーくらいの大きさのモンスター――を、半分暇つぶしのように剣で刺しながら歩いていたリッドは答えた。

レイスが今夜の寝場所に決めたのは、ほとんど風のない穏やかな広場だった。

焚き火にあたって体を休めると、メルディはすぐに横になってしまった。

「風に当たりすぎると体力を奪われるんだ。疲れたんだろう」

レイスはすでに寝息をたて始めたメルディを見ていった。

「そうだ、リッド。きみに剣の基本の構えを教えよう。ちょっと来てごらん」

「よかったね、リッド」

お湯を沸かしていたファラがにっこりする。

リッドは立ち上がり、レイスにいわれるままいつものように構えてみせる。

「ああ、そうじゃない。きみのように斜めに構えていると、利き手でないほうから敵に襲われたときの対処が遅くなるだろう？　だからもう少しこうやって……そう、そうだ」

「うーん。なるほど」

くやしいが、レイスの指摘は的確だった。確かにいままでの自分の剣さばきには無駄が多かったかもしれない、とリッドは思った。

「やはり筋がいいな。動きに遊びがなくなれば、新しい技もマスターできるだろう。何度でもやってみて、自分のものにしてしまうんだ」

レイスにのせられたわけではないが、リッドはへとへとになるまで素振りを続けた。

(この先、なにがあるかわかんねーしな。強くなるに、こしたことはねえよな)

息が切れるまで体を動かすと、彼は地面に倒れ込み、そのまま眠ってしまった。


「空からやってきたセレスティア人と一緒に、グランドフォールから世界を救う、か」

レイスはつぶやいた。メルディとリッドが眠ってしまったあと、ファラとふたりで焚き火の炎を見つめているときだった。

「しかし、そんな大変な話のわりには、きみは生き生きとしている」

ファラはちょっと顔を赤らめ、照れ隠しのようにお茶のカップを指でこすりながらいった。

「うれしいの。だって世界中の人たちの役にたてるかもしれないでしょ。わたしががんばることで、誰かが幸せになれるとしたら――」

「なれるとしたら?」

「なんだか、許されたような気になる」

ほう、とレイスはファラの顔を覗き込んだ。

「いったい、なぜそこまで自分を追いつめる？　なにから逃げている？」

ファラはぎくりとし、それからむきになった。

「わたし、逃げてなんかいないよ！」

「じゃあ、許してもらわなければならないようなことが、あったのか？　償いを必要とするような」

「それは……」

ファラは言葉につまってうつむいた。

「ごめんごめん。困らせるつもりじゃなかった。さあ、私たちも休むとしよう。きょうはいろいろ話してくれてうれしかったよ」

「……信じてくれる？　信じてほしいの」

顔を上げたファラに、レイスは黙って微笑みかけた。


風晶霊の空洞のいちばん奥に到達したのは、翌日の昼前だった。

岩が幾重にも重なり、新鮮な匂いのする風が吹いている。

「風の大晶霊さまーっ！　おーいっ！」

ファラが声を張り上げる。

「そんなんで出てくるのかよ」

リッドがあきれていると、メルディが叫んだ。

「でたよー！」

「うそ」

リッドたちは、透明なつむじ風の中に浮かぶ大晶霊の姿を見た。

（こんなガキが？）

「ボクが風の大晶霊、シルフさ。おまえたちが来るのはわかってたよ」

シルフは子供だった。緑色の服を着、弓矢を持っている。背中からは、まるで風を紡いで作ったかのような透明な羽根が生えていた。

「シルフ。頼みは、あるよ」

メルディが、クレーメルケイジをシルフに見せる。

「わかってるって。そこにウンディーネがいるんだろ。ボクにも入ってほしいんだよな」

「そうなの。お願いします」

ファラが頼むと、シルフはわざとらしく「どーしよっかなーっ」と笑った。

そのとき、レイスが進み出て、シルフの前に恭《うやうや》しく跪《ひざまず》く。

「シルフ様。なにとぞ私ども非力な人間に、お力をお貸しください。あなた様だけが頼りなのです」

「ふーん。そんなにていねいに頼まれちゃなあ。じゃあ、おまえたちの心を見せてくれる？」

シルフはすばやく矢を番《つが》えると弓を引きしぼった。

「望むところだぜ」

リッドは剣を構え、あわてて昨夜レイスに教わったように構え直した。

ビシュウッ！　シルフの弓がファラの足元に跳んだ。

「ハッ！」

危なげなくそれをよけた彼女は、そのままシルフに向って拳を繰り出した。

「連牙弾っ！」

「うわ」

大晶霊が風の中でバランスを崩す。リッドが絶妙のタイミングで斬り込んだ。

「閃空翔裂破っ！」

「いいぞリッド、いまの間合いだ」

レイスが声をかける。後ろの岩壁まで飛ばされたシルフは、だがすぐにくるりと体を起こすと、次の矢を番えた。

「ほらほら、いくよっ！」

何本もの矢が雨のように飛んできた。レイスがガードする。

「魔神連牙斬っ！」

目にもとまらぬ速さで、矢は次々に弾かれていく。レイスの疲労を心配したメルディが叫んだ。

「スプレーッド！」

「クィクィッ！」

水柱が上がり、岩が砕けた。

「うわあっ」

水はシルフの手から弓を奪い、大晶霊をふたたび岩肌に叩きつける。

「ま、待った、わかったよ。人間にしてはなかなかやるね」

メルディがクレーメルケイジを差し出すと、「わかったよ、入ってやる。でもさ」とシルフは負け惜しみのように続けた。

「おまえたちに火の大晶霊、イフリートとの契約はどうかなあ。ボクみたいにものわかりのいいオトナじゃないからね、あいつは」

パラソルが光を放つと、シルフは緑色の結晶石に、すーっと吸い込まれた。

「やったな」

レイスが笑う。

（すげぇ腕だったな）

リッドは彼の剣さばきを思い出して身震いした気分になった。

シルフと契約した一行が空洞の入口まで戻ると、インフェリア兵のひとりが遠慮がちにレイスを呼んだ。

「ん？　ちょっと先に行っていてくれ」

レイスは兵とぼそぼそと話をしていたが、リッドたちに追いつくと、「悪いんだが、私はここで失礼させてもらうよ。一応、約束は果たしたしな」と、いう。

「えっ、行っちゃうの？　なにか言われたの？」

ファラが心配すると、レイスは笑った。

「そうじゃない。壺を欲しがっている客を紹介されたんだ。急いで商談に向かわなくては」

「やーだ！　やーだ！　レイス、すっごいフィブリルのあるから！」

「わがままいっちゃダメだよ、メルディ」

「……はいな」

メルディは目をうるませていたが、ファラにいわれるとしかたなく頷く。

「すまない。それじゃ」

レイスは帽子の羽飾りを揺らしながら、足早に去って行った。

「……なんなんだ、あいつ。最後まで怪しかったなあ」

リッドが肩をすくめたとき、メルディが抱いていたクィッキーが鼻をひくひくさせた。

「クィッキー、クククククィッキーッ！」

「どうしたの。うわうわうわうわうわ！」

メルディは飛び上がった。

「キール！　キール来た！」

確かに、むこうからやって来るダークブルーの髪の男はキールだった。

リッドとファラは、驚いて駆け寄る。

「なんだおまえ、どうしたんだよ」

「なんで、ここがわかったの？」

だが、キールはそれには答えず、眉をひそめると、「いま、えらく派手な男とすれ違ったが……知り合いか」と訊ねた。

「レイスだよ。新しいお仲間、だった」

「仲間ぁ!?　まさかおまえ、全部話したんじゃないだろうな」

「はいな。ファラに話、頼んだよ」

「だあああぁぁぁーっ！」

キールは真っ赤になって怒った。

「なんでなにもかもバラすんだよっ。バカか？　いや、聞くまでもないが。ぼくたちをまた水牢行きにするつもりか⁉」

「だってレイス、フィブリル強くて」

「わかるように説明しろっ！」

メルディはびくっとした。

「レイスがフィブル……えっとなー、えっとなー　……ごめん、言葉足りない……説明、むずかし」

「キール。なにを怒ってるの？　レイスはわざわざ王様に話したりしないって。ただの商人だもん」

ファラの言葉に、キールはため息をついた。

「ただの商人？　あいつの、すれ違いざまにぼくを見た目……すべてを見抜かれてるような嫌な感じがしたよ」

「そりゃ、おまえにやましいことが、あるんじゃねえの？　だいたいキール、天文台はどうしたんだよ。まさか早くもお払い箱だなんていわなねえろうな」

リッドはからかったが、キールが黙っているので「マジかよ」とあきれた。

「まあまあ。なんにしても、キールが戻ってきてくれてよかったよ。行こう」

兵がこちらを見ているのに気づいて、ファラたちは洞窟から離れた。

「キール見て。シルフ、入った」

メルディがクレーメルケイジをキールに差し出した。

「本当か。どれ」

キールがケイジを覗き込もうとすると、緑色の結晶石が光った。

「うわ!?」

シルフがケイジから出てきたのだった。

「おまえ、晶霊術が使えるんだな」

「あ？　ああ、そうとも」

初めて見る風の大晶霊の姿に驚きながらキールが答えると、

「じゃ、おまえにエアリアルボードを授けとくよ。すっごく速く動けるんだ。急いでるんだろ？　助かるだろ？」

シルフは恩着せがましくいい、その場につむじ風を起こすと、ケイジにまた戻っていった。

「なんだそれ。なんにも見えないじゃねーか」

リッドが文句をいう。

「いや、エアリアルボードは空気中の風晶霊を集めたものだ。いいものを貰ったぞ！　これに乗れば平地だけでなく、海面での移動がうんと楽になる。乗船パスを勝手に失敬しなくても……」

キールは口をすべらせたことに気づき、あわてて黙った。

「は……おまえ、そんなことしてバロールまで来たのか……」

天文台でよほど大きな失敗でもやらかしたんだろう、とリッドは思った。

「と、とにかく乗ってみないか」

「乗ってどこ行くか？　火の大晶霊はどこにいる」

メルディに聞かれ、キールは地図を広げた。

「うーん。暑いところというと、すぐに浮かぶのはシャンバールだが」

「シャンバール？」

ファラが地図を確かめた。

「熱砂の街シャンバール、かぁ。いかにも火の大晶霊がいそうだけど……ずっと東の大陸だよ。海を渡らなきゃ」

「だからこれに乗ればいいんだろ？」

リッドは透明なエアリアルボードにおそるおそる片方のブーツを載せてみる。

突き抜けて地面に足がついてしまうのではと思ったが、不思議なことに体重を支えていてくれる。

「すげぇな」

「メルディも乗るー」

キールは全員が乗ったことを確かめると、精神を集中した。

「…　エアリアルボードよ、熱砂の街シャンバールへ！」

ボードはゆっくりと上昇し、方向を定めるとものすごいスピードで移動を始めた。


「すごいすごい！　もう海へ出ちゃった」

ファラが驚きの声をあげる。

「リッドぉ、覚えてる？　ミンツに行くとき乗った筏。あんなのですごい冒険をしてると思ってたわたしって、なんだったんだろう」

「まったくだ」

リッドは足もとで砕ける波を見ながらいった。波とはいっても、あまりの高速なために白い線のようにしか見えなかった。

「大陸が見えた」

「えっ、もう着くか？」

メルディが身を乗り出そうとして、キールにワンピースの背中をつかまれる。

をもごもごさせた。


「危ない！　落ちたら死ぬぞ。ったくおまえは」

「……はいな。ごめんなさい」

素直に謝るメルディに、キールは、「い、いや、わかればいいんだ。わかれば」と、口をもごもごさせた。


やがて一行の目の前に、大地がみるみる近づいてきた。エアリアルボードは上陸し、砂浜の上でゆっくりと動きを止める。

「みんな、降りよう」

キールが合図すると、シュルッと渦を巻くようにしてエアリアルボードが消えた。

「うわっちちっちちぃっ！　あ、足が灼けるっ」

砂浜に降りたリッドが、片足で跳ね回る。

「ひどい暑さだ。どこか日陰を探そう」

「ふぁ～」

ぐったりしてよろけたメルディをファラが抱きとめる。

「ちょ、ちょっとメルディ、しっかりしてっ!?」

リッドたちは大急ぎで街へ入ることにした。

海岸から離れるといくらかはしのぎやすかったものの、ようやくひと息つけたのは宿屋のカフェで水をたらふく飲んだあとだった。

カフェはオープンになっており、陽射しだけは遮られていたが、まったくの無風状態だ。庭先には熱帯植物らしき樹々がわずかに見えたが、熱気のせいでかげろうのように揺れている。

「うえーい、死ぬかと思ったぜ」

リッドはたっぷりと汗を吸ってしまったチョーカーに触れて、顔をしかめた。

「メルディ、もうダメー」

「ねえ、そういえばセレスティアの気候ってどんなの？」

ファラが訊ねると、メルディは懐かしそうな目をして、

「もっと暗い、もっと涼しい。キモチいいの。ひんやり、ひーんやりの世界。へへへ～」

と、うつろに笑う。頬が真っ赤だった。完全にのぼせている。

「そっか。だから暑さに弱いのね。火の大晶霊が、ここにいるのかどうかだけでも、早いとこ聞いて調べなくっちゃ」

ファラは立ち上がると、カフェのテーブルを回り、手当たり次第にお客たちに話しかけた。だが大半が旅の商人で、地元の者ではなかったからだろう。はかばかしい返事は返ってこなかった。

「なんだ、あんたたち火の大晶霊を探してるってか」

リッドたちのテーブルに、新しい水差しを運んできたボーイがいう。

「大晶霊なんて偉そうなのは知らないけど、火晶霊の谷っていう場所ならあるぜ」

「ほんとですか。どっ、どのへんに？」

キールが急き込んで訊ねる。

「この先の砂漠を南東に渡ったところなんだが……しかし昼間は行けねぇよ。靴が溶けちまうからな」

「ありがたい。ファラ、行くぞ」

キールは立ち上がり、隅のテーブルで話をしていたファラを呼んだ。


エアリアルボードに乗ってしまうと、砂漠の砂の熱さは問題ではなかった。

だが、ボーイに教えられた谷の入り口でボードを降りると、中に入るのはとても不可能だということがわかった。

「うわっ。谷全体が真っ赤に燃えてるじゃねーか。どーすんだ」

「メルディ、キモチの悪い……」

キールはしばらくじっと考えていたが、なにごとか低くつぶやきだした。

「熱さで、とうとうイカれたか」

リッドが見ていると、キールは両手を広げて叫んだ。

「……ウンディーネ!!」

　すると、青い影が一行の前に現われた。ウンディーネだった。

「ここは、火晶霊の谷ですね。あなたがたは火に触れられないのですか」

「火傷《やけど》するだろが、フッー」

　リッドがつぶやくと、水の大晶霊は微笑んだ。

「晶霊とは物質と精神とを行き来する存在。熱いという感覚はありません。よろしい。それでは、しばらくの間、私の力をお貸しいたしましょう」

　ウンディーネはそういい、姿を消した。同時に真っ赤に燃えていた溶岩が、嘘のように色を失う。

「うわあ、すごいねぇ」

「ファラ、感心してるひまはないぞ。いまのうちに奥へ進もう。ウンディーネが出て来てくれたということは、火の大晶霊がここにいるという証拠にほかならない。さあ！」

　キールは谷へ飛び込もうとしていきなり転びそうになり、リッドに助けられた。

「大丈夫かよ、おまえ。言動の不一致もはなはだしいぜ」

「う、うるさいっ」

　キールは、谷底へと続く道を走り降りていく。

「わたしたちも行こう！」

　ファラとリッド、メルディもあとに続いた。

　谷は深く、進めば進むほどふたたび熱さが増してきた。

　岩がゴロゴロしていて歩きにくかったが、うかつに手をつけばまだ潜んでいる熱に、たちまちやられてしまうだろう。

　リッドたちはふだんの何倍も神経を使うので、次第に疲れてきた。

「おいキール、どこまで行けばいいんだ？　帰りは大丈夫だろうな」

「たぶんな。しかしなんて熱さだ。メルディだけじゃなく、ぼくまで倒れそうだよ」

「ははっ、ここで転んだらジューッて焦げるぜ」

「わかってるよっ」

　ふたりがつまらない言い争いをしていると、ファラが「しっ」と足を止めた。

「なにか動いたよ」

「え？」

　リッドは前方を透かし見ようとしたが、勢いを盛り返した熱気のせいで顔をしかめた。

「おいっ！　命知らずな人間どもよ！」

「きゃ」

ひび割れた声が、轟々と響き渡った。

「俺は火の大晶霊、イフリートだ。行くぞっ」

「な、なんだよいきなりっ」

真っ赤な炎を体のまわりに燃えさからせた大男が、リッドたちに攻撃をしかけてきた。

「オトナじゃないってこういう意味だったの？」

ファラは油断なく身構えながら苦笑した。

「どちらにしても闘うだけだ。アクアエッジ！」

キールが、自分に勢いをつけるように、杖を振り上げた。

水の刃がイフリートの熱い体に斬りかかる。

「このっ！」

イフリートはキールを潰そうと、大岩を投げつけてきた。

「ライトニング！」

メルディの落とした雷が、それを粉々に砕く。

「ほらほら、後ろが隙だらけだぜっ」

リッドはすばやく大晶霊の背後に回り込みながら、剣を振り上げた。

「虎牙連斬っ！」

「ぎゃあぁっ！」

リッドが攻撃している間に、ファラは正面から挑んでいった。

「掌底破っ！　鷹爪蹴撃―っ!!」

「ぐはあああぁっ」

激しい突きと蹴りによって、分厚い胸板から上下に分断され、イフリートは地響きを立てて仰向けに倒れた。

「リッド、あぶないっ」

「ひとを、下敷きにするなよぉっ」

「エアスラストぉーっ！」

ギリギリのところで横に飛んだリッドの代わりに、キールがとどめを刺した。

鋭い風の刃によって巻き上げられた大晶霊の体は、激しい勢いで溶岩に叩きつけられ、動きを停止した。

キールたちが肩で息をしていると、ウンディーネが姿を現わした。

「お見事でした。さあ、いまのうちにクレーメルケイジを!!」

「はっ、はいっ」

キールは落ち着くひまもなく、自分のクレーメルケイジを手に取ると、高く掲げた。

「いいのか？　勝手に……」

リッドとファラが見ているうちに、イフリートの体は、赤い晶霊石に吸い込まれていった。

「やったな……」

一行がほっとしたときだった。ウンディーネの姿が青い光の帯に変わった。続いて、シルフとイフリートの姿が現われたが、彼らもすぐに緑と赤の光に変わる。

「なっ、なんだ!?」

光はひとつに集まると融合し、ひときわ強い輝きを放った。

「まぶしい！」

「ああっ、あなたは……」

キールがぼう然と宙空を見つめる。そこには白く輝く晶霊の姿があった。背中から左右に大きく張り出して生えている翼からも、美しい輝きが滲《にじ》んでいる。

「もしや、光の大晶霊、レム……？」

「いかにも、わらわは光の大晶霊じゃ」

レムと名乗った大晶霊は、女神そのものの気高さで頷いた。

「いちばんエライ大晶霊か？」

メルディの問いに、キールが答えた。

「そう。レムは、水、火、風、三つの根元晶霊を束ねる統括晶霊だ」

「そんなに偉いなら……レム！　お願いです、グランドフォールを止めてください！」

ファラは指を組み、祈るように懇願した。

「それは、できぬ」

「そんな……なぜ?」

「人間の起こした問題は、人間自らが解決の策を見つけねばならぬのじゃ」

「え……!? に、人間……グ、グランドフォールは人間が引き起こしていると!?」

キールは驚きのあまり、クレーメルケイジを危うく落とすところだった。

「これを持つがよい。そなたは光の橋に手をかけし者……このリングを用いて橋を渡るがよい」

「あ……」

キールの掌《てのひら》の中に輝きながら落ちてきたのは、透明な石のついた指輪だった。

「わらわの言葉、よもや、わからぬとはいうまいな」

「はっ、はいっ。これはソーサラーリングですね。確かにお預かりいたしました」

キールは深ぶかと頭を下げた。リッドたちもあわててそれに倣《なら》う。レムにはそうさせるに充分すぎるほどの威厳があった。

どのくらいそうしていただろう。キールは顔を上げながら、恐るおそる口を開いた。

「レム……まだ知りたいことがあるのです……あれ」

「やあい、のろま。レムはもういないよーだ」

シルフがけらけら笑う。彼の両隣りにはウンディーネとイフリートが浮かんでいた。

「じゃあ、ぼくたちはこれからどうすれば……」

「さあな」

イフリートは、さっさとキールのクレーメルケイジに戻ってしまった。

「レムの言葉を信じ、進むことです。それがあなたがたの道ですよ」

「そういうこと！」

ウンディーネとシルフは、揃ってメルディのクレーメルケイジに入っていった。

「みんないなくなっちゃったよ。どうしよう、キール」

ファラが不安げに声をかけると、キールはいきなりメルディを睨みつけた。

「ちょっと来い」

「バイバ！　いたい、イタイよ」

「うるさいっ」

リッドとファラは顔を見合わせた。

「……どうなってるんだ？」

「さあ」

問した。

「正直に言えよ！　おまえは知ってたんだな？　グランドフォールが人為的なものだと！」

主《あるじ》を失い、すっかり死んだようになった谷の入り口まで戻り、キールはメルディに詰

「そういえば、話がおかしいよな」

リッドもメルディの顔をじっと見た。

「……バリルが責任だよ」

「誰だ、それは」

「セレスティアのグディンエティ　テスティンディ（総領主）王様みたいな人。バリルはグランドフォールを起こしてる」

ファラは信じられないという表情になった。

「じゃあ、セレスティア人が、エターニアの滅亡を望んでるっていうのは、本当のことなの!?」

「やっぱり元凶はセレスティア人なんだな？」

ちがうよ、とメルディはファラとキールにとりすがった。

「悪いは、バリルただひとり！　インフェリアン、セレスティアン、狙われてるはいっしょ！　怖くて、うまく説明できなくて、いえなかったよ。でも信じて!!」

リッドは流れ落ちる汗を拭おうともせず、宙を睨んでいたが、やがて訊ねた。

「なあメルディ、セレスティア人って、みんなおまえみたいに肌の色が黒くて、額に石がついてんのか」

「はいな。これ、エラーラ」

メルディは自分の額の石に触れてみせた。

「バリルは？」

「ううん。バリルがおでこ、つるつるよ。白い肌、リッドたちといっしょ」

「キール、ファラ。ゾシモス台長のいったこと、覚えてるか」

リッドはふたりに向き直った。

「三〇年前、光の橋を使って、セレスティアに渡ったっていうやつの名前」

「え、たしか」

「バリル!?」

そうだ、とリッドは頷く。

「偶然の一致といい切れるかな」

「じゃ、おまえはグランドフォールを起こしているのは、セレスティアへ渡ったインフェリア人だっていうのか？　そんなバカな！　インフェリア人が、そんなことをするわけがないだろう」

「でも……そう決めつけていいのかな……わたしは、わたしはね」

ファラが顔を上げる。

「わたしはメルディを信じることにする！」

「あ、ありがとな！　ファラっ」

メルディは、涙をこぼしながらファラに抱きついた。

「やーれやれ、そういうと思ったぜ」

リッドが苦笑する。

キールは、ふーっと深いため息をついた。

「……ファロース山だ」

「え？」

「光の橋なら、ファロース山にある」

「なんで知ってんだよ」

リッドが聞いた。

「そういえばさっきレムがキールのこと、光の橋に手をかけたとかなんとか……」

「王立天文台で……小耳にはさんだ」

マジかよ、とリッドはつぶやく。

「ありがとな、キール！」

「わくわくするねぇ。どんなとこなんだろ、セレスティアって。あの空の上――」

ファラとメルディは、そろって空を見上げた。

「…………」

キールはふたりのはしゃぎようとは逆に、黙りこくったままオルバース界面を見つめる。

（あの空のはるか上に、まだ見ぬセレスティアがある——急がねば、ファロース山へ。ぼくたちは——間に合うだろうか？）

いまごろ、王立天文台ではちょっとした騒ぎが持ち上がっているはずだ。

キールの胸の中に、複雑な思いが交錯していた——。

（『テイルズ　オブ　エターニア』第二巻へ続く）

あとがき

こんにちは、おひさしぶりです！　テイルズ・シリーズ第三弾『テイルズ オブ エターニア』のゲーム発売に（ちょっとだけ）先がけて、この本をお届けします。今回はなんと全三巻の豪華版～♪になる予定です。

リッド、ファラ、キール、メルディの四人は、いずれも魅力的なキャラですが、私はまずキールに親近感を覚えました。だって、よく転ぶから。子供のころ偏平足だったんですよ、私。で、しょっちゅう転んでたんで、なんか他人事とは思えない気が……。キールの足の裏を見てみたいですねえ。でも、もちろん彼もリッドたちと同様どんどん成長して強くなってゆくので、今後の活躍が楽しみなところです。

さて、このあとリッドたちは光の橋を求めてファロース山を目指します。キールが一抹の不安を抱いているようなのが気になりますが、続きをお楽しみに！

ではまたお会いしましょうっ。

二〇〇〇年一〇月

矢島さら

■ご意見、ご感想をお寄せください。

ファンレターの宛て先
〒154-8528 東京都世田谷区若林1-18-10
株式会社エンターブレイン メディアミックス書籍部
矢島さら 先生
いのまたむつみ 先生
松竹徳幸 先生

■ファミ通文庫の最新情報はこちらで。

エンターブレインホームページ
http://www.enterbrain.co.jp/

ファミ通文庫

テイルズ オブ エターニア 永遠《とき》のきざはし 1

二〇〇〇年一二月八日 初版発行
二〇〇一年一一月八日 第六刷発行

著　者　矢島《やじま》さら
発行人　浜村弘一
編集人　青柳昌行
発行所　株式会社エンターブレイン
〒一五四-八五二八 東京都世田谷区若林一-一八-一〇
電話 〇三(五四三三)七八五〇(営業局)
編　集　メディアミックス書籍部
担　当　中野芳郎
デザイン　リックデザイン事務所
写植・製版　株式会社オノ・エーワン
印　刷　凸版印刷株式会社

定価はカバーに表示してあります。
落丁本・乱丁本はおとりかえいたします。

ISBN4-7577-0259-0 協力：㈱プロダクション・アイジー